你值得
被这个世界
更好的对待

陈茂源

著

天津出版传媒集团

天津人民出版社

图书在版编目（CIP）数据

你值得被这个世界更好的对待 / 陈茂源著. -- 天津:
天津人民出版社, 2018.12
ISBN 978-7-201-14184-8

Ⅰ.①你… Ⅱ.①陈… Ⅲ.①故事 – 作品集 – 中国 –
当代 Ⅳ.①I247.81

中国版本图书馆CIP数据核字(2018)第245456号

你值得被这个世界更好的对待
NI ZHI DE BEI ZHE GE SHI JIE GENG HAO DE DUI DAI

出　　版　天津人民出版社
出 版 人　刘　庆
地　　址　天津市和平区西康路35号康岳大厦
邮政编码　300051
邮购电话　（022）23332469
网　　址　http://www.tjrmcbs.com
电子信箱　tjrmcbs@126.com

监　　制　黄　利　万　夏
作　　者　陈茂源
责任编辑　玮丽斯
特约编辑　申蕾蕾　常晓光
装帧设计　紫图图书ZITO®
摄　　影　鞠倚天　李景军
内文插画　专　谷

制版印刷　艺堂印刷（天津）有限公司
经　　销　新华书店
开　　本　880毫米×1270毫米　1/32
印　　张　9.75
字　　数　130千字
版次印次　2018年12月第1版　2018年12月第1次印刷
定　　价　49.90元

不知道你难过的时候

我能给你什么

我能给的

就是我一直在这里

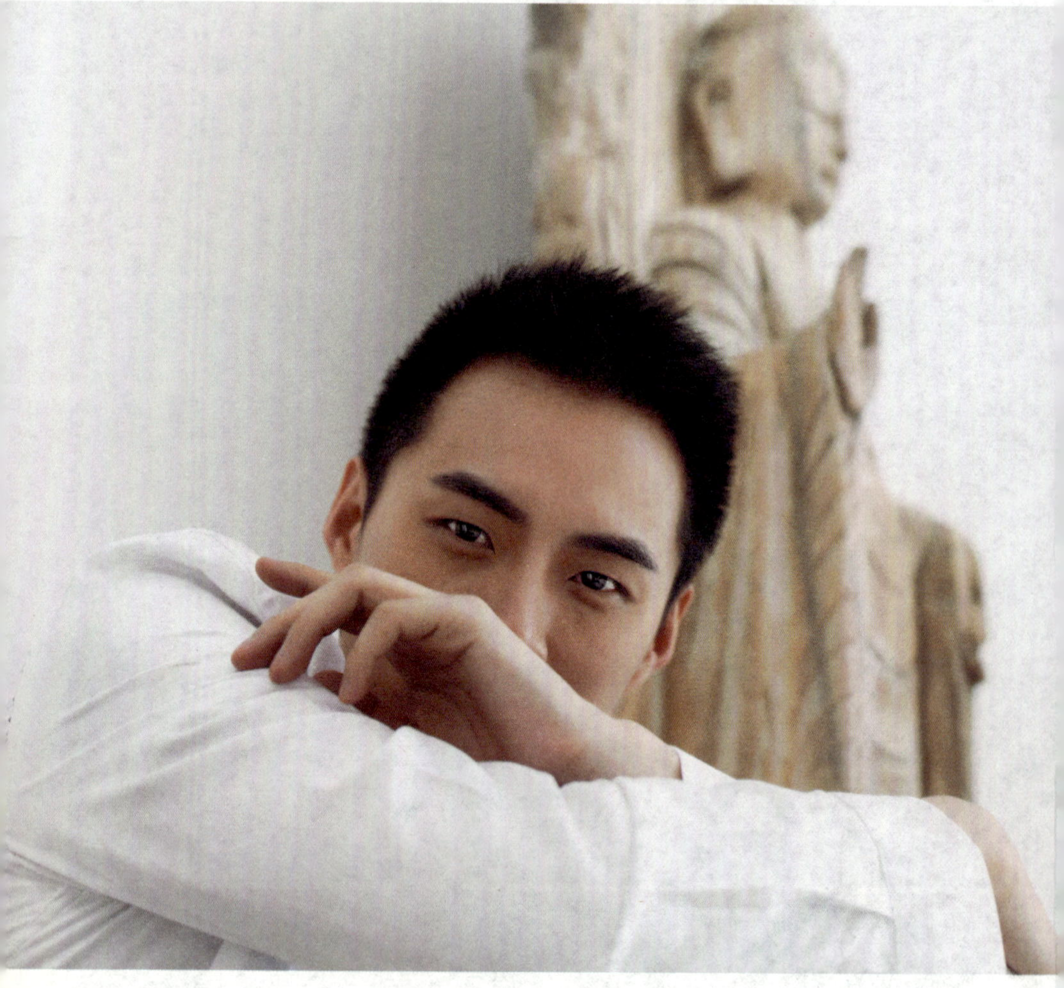

序 言
你值得被这个世界更好的对待

在我拥有几百万互联网粉丝之前，我曾是舞台导演、现代舞教师、国际金奖编舞、艺术家、是中国舞蹈影像的先驱。

然而，生活一开始并没有对我太好。

我自小父母离异，12岁赴北京学舞蹈，因家庭变故交不起学费停课一年，学校卡住毕业证使我无法报名艺考。16岁留校，月薪1000块，一半还学费一半存着。后辗转广州打工，又考上了北京舞蹈学院。

我来自一个破碎的家庭，在待拆的危房里长大；母亲吸过毒；后因外婆去世，分家产时亲戚们将我们的住所强行占去。从此，故乡成了无根的过往。

17岁南下，我经历了睡木板床、背包当枕头、毛衣当被子的窘迫，以及非典期间浑身上下只剩100块过一个月……

你值得被这个世界更好的对待，这是我内心深处的渴望：当我拿着学校一等奖奖学金在校长面前跪着流泪恳请让我报名艺考被拒时，当那些曾答应帮我渡过难关的兄弟好友，面对我的乞求音讯全无时……我想到的就是这句话：别放弃，你值得被这个世界更好的对待。

梦碎过、翅膀断过、对未来茫然过，那时候我才知道，其实你谁也指望不上，人生只能靠自己。

这么多年过去，我从来没有怀疑，被这个世界更好的对待是需要条件的，你只有永远不放弃，成为最优秀的那一个；你只有咬着牙挺过那些贫穷的、窘迫的、没有尊严的日子；你只有永远向上；你只有命硬地活下去……你才能遇到人生的贵人，才能碰到命运的转折，才能乘上逆袭的快车，才能真正体会泰戈尔那句诗中沉重而美好的含义：

你的负担将变成礼物，你受的苦将照亮你的路。

我曾是不幸的，然而不幸亦成就了另一种幸运。原来那句话不假，你不要放弃，你要坚持到底，因为所有失去的都会以另一种方式归来。

自强则万强，你值得被这个世界更好的对待。

2018.7.13 于北京

这本书是我对过往牵绊的告别。

我接受我的面目全非。

忘了过去的痛和美。

我直直地向这潮流走去。

无怨无悔。

目 录 contents

生 活 是 用 来 疗 伤 的 地 方

极致的幸福，存在于孤独的深海。

在这样日复一日的生活里，我逐渐与自己达成和解。

你值得被这个世界更好的对待

你值得被这个世界更好的对待

你值得被这个世界更好的对待

永远不要忘记勇敢，青春一闪即逝，
你永远是你，不要为了别人而丢了自己。

contents

contents

原 来 爱 别 人 的 你 是
如 此 寂 寞，如 此 美 丽

你 值 得 被 这 个 世 界 更 好 的 对 待

你值得被这个世界更好的对待

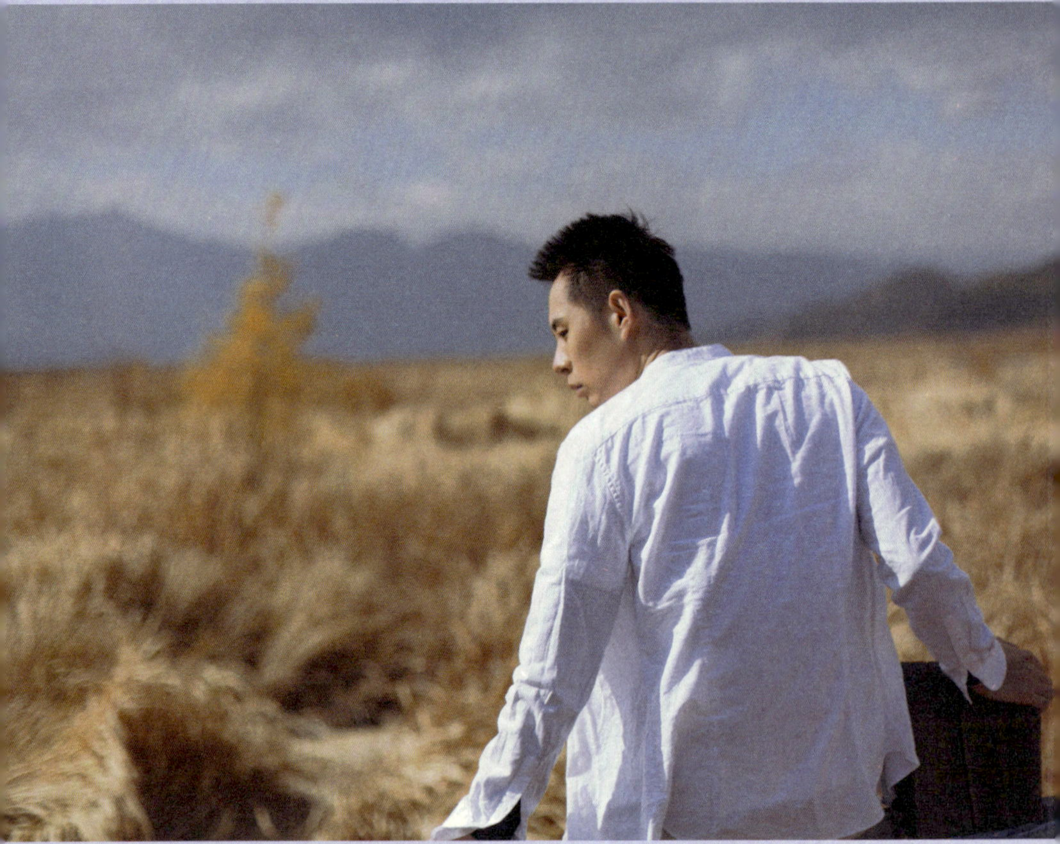

生活是用来疗伤的地方

极致的幸福，存在于孤独的深海。
在这样日复一日的生活里，我逐渐
与自己达成和解。

愿漂泊的人都有酒喝，
孤独的人都会唱歌

"我很喜欢一个人在家喝酒。先把房间打扫干净，再准备好新洗过的浴巾和睡衣泡个热水澡，认真地洗干净头发和身体，一身清爽后悠闲地看着电视，喝着冰镇的酒，这是我现在生活里最放松的时间。不管喝多少，心情都绝不会悲伤或寂寞。只是非常坦诚、单纯地感觉到幸福。一个人逛街，一个人吃饭，一个人旅行，一个人做很多事。一个人的日子固然寂寞，但更多时候是因寂寞而快乐。极致的幸福，存在于孤独的深海。在这样日复一日的生活里，我逐渐与自己达成和解。"

——《然后，我就一个人了》

1

来北京的第 987 天，周日晚上 9 点，周雯对着电脑赶一份周一开会要用的 PPT。

打开手机，准备点一份外卖，看了看双人套餐的满减券和起送价格，想问问隔壁的女生要不要一起，犹豫半天，还是自己下了单。

手机忽然一振，是微信的消息提醒。打开一看，原来是高中的一个班级群，班长又在组织大家年末的同学聚会。仔细想想，毕业后已经好几年没有赶上参加老家的同学聚会了，因为要避开北京的春运高峰。

群里气氛渐渐热闹起来，同学们七嘴八舌地唠起了家常，周雯也从不断冒出的消息中了解到大家的近况，有的考上了公务员，有的已经结婚生子，柴米油盐生活幸福平淡。曾经的班花已经是一个小网红，每天满世界飞地做起了代购；当初和自己表白过的男生也大大方方地晒出了自己和女朋友的结婚照，热情地邀请大家去参加年底的婚礼。

很多名字和记忆中的印象已经对不上号了。一个个点进去看他们的朋友圈，大部分显示的是"朋友仅展示最近三天的朋友圈"或者"非对方的朋友只显示最近十条朋友圈"。

原来人与人之间的联系这么脆弱。不知道那些错过的时光里，大家都过得怎么样。曾经分享过彼此青春成长秘密的人，如今只能在区区十几张照片中了解到零零碎碎的生活边角料。

微信忽然弹出一条新消息，是老板发过来的：周一开会要用的PPT做好了吗？记得提前发我邮箱里。

周雯看着做了一半正在卡机的PPT，脑子里一片空白。她出神地望着窗台上那盆快要枯死的盆栽，上次给它浇水是什么时候来着，半个月还是二十多天前？当初就该听老板的话，买盆仙人掌，省事又便宜。

手机振动的声音拉回了周雯的思绪，是老家的一个号码，没有姓名，周雯愣了一下，还是接听了。原来是店家打来的，告知外卖订单被临时取消。

周雯看看面前依然死机状态的电脑，忽然觉得特别累。此时此刻，周雯觉得非常需要一碗热气腾腾的饭来慰藉一下自己。

打开冰箱，里面倒是满满当当，除了面包果酱就是周末吃剩的外卖。胃里翻涌的饥饿感刺激着周雯，她决定外出觅食。

这个点的北京，街上已经没有白天那么热闹。周围的很多店铺都已经关门，但街边仍有一些还没有收摊或者刚刚出摊的小吃，冒着腾腾的热气，等待着那些饥肠辘辘的夜归人。

北京就这一点好，无论你多晚回家，路上总会有人在。让人不由得生出"同是天涯沦落人"的感叹。

夜晚的天空沉得像泼墨，没有一颗星星。两旁的高楼灯火明媚，一个个小窗格子里透出暖暖的光，像是天上的繁星。但周雯心里明白，这个万家灯火的城市里，没有一盏是属于自己的。

周雯走到一个馄饨摊前，老板娘正在包大肉馄饨，一个个饱满圆润，看着就很喜人。

"姑娘来一份？要不要加虾皮啊？"老板娘热情地招呼着。

周雯坐到里面一张小桌子旁，看着老板娘手指上下翻飞，熟练地将一个个包好的馄饨下到锅里，不一会儿，一碗热气腾腾的馄饨就端到了自己面前。

热气扑到脸上，香气扑到鼻子里的感觉真舒服。周雯贪婪地吃着，一口鲜香的热汤下肚，胃里总算是缓过劲来，一边和老板娘唠嗑："您家馄饨可真实惠啊，皮薄馅大，给的量也多，您不怕赔本啊？关键是手艺也好啊，吃着倍儿鲜，以后我一定常来吃。"

老板娘一边不紧不慢地忙着手里的活，一边有一搭没一搭地接着周雯的话。一抬头，忽然愣住了："姑娘你哭什么啊？"

周雯把脸埋进升腾的热气中，看不清表情："其实，今天是我生日。早上妈妈给我打电话，嘱咐我今天一定要给自己做点好吃的。中午临时要加班，等我赶回家都八点多了。我定了家乡餐馆的那家外卖，结果订单临时被取消了。

"同学们过得都挺好的，说实话我真挺羡慕的。晚上下了班，几个老同学一个电话，用不了二十分钟就能聚一块儿吃顿饭。而我已经好久没有好好吃一顿饭了。我也只是想找个人陪我吃饭啊。

"当初一意孤行来到北京，就想着脱离家乡的小县城。来了之后才发现，一切都和当初想象的不一样，很难跟上这里的节奏。搬了三次家，每次都是两件行李箱，从来不敢置办太多东西。觉得自己是这个城市的局外人。

"不敢谈恋爱，因为感觉两个人在一起的孤独更可怕。"

听着周雯东一句西一句没头没脑的话，老板娘镇定地捞起锅内的云吞面，盛了两碗，坐到周雯对面。"我也没吃晚饭呢，今天正好不忙，就陪你这个小姑娘一起吃吧。生日就应该吃面条啊，给你卧了个鸡蛋在里面。"

周雯捧着碗，眼泪大颗大颗地落进碗里："我就是太久没有跟人说些掏心窝子的话了，想回家吃顿我妈做的饭，和发小一起再面对面唠唠家常。可是现在，我还要回家去赶一份明天就要用的PPT。"

心情整理得七七八八后，往回走的时候，身后忽然传来老板娘的声音：

"明天的事，等醒了以后再发愁。生日快乐啊姑娘。"

周雯忽然败下阵来，泣不成声。

2

之所以讲上面的故事，是因为它可能是我们大多数人的一个
剪影。

孤独是现在人的通病。总会有那样的夜晚，与那些同样晚归的神色
疲惫的行人擦身而过。大家各自怀揣着心事，回到居住的地方。卸
下伪装与盔甲，缩回自己的壳。孤独的夜晚，墙上的钟表都走得慢
了。像卡佛说的，白天解不开的心结，黑夜里慢慢耗。

这样的心情就像年轮，长在那些静得能听见呼吸的日子里。慢慢你
就会明白，其实孤独才是人生的常态。

人世间有多少种孤独？

林语堂说，孤独这两个字拆开看，有小孩，有水果，有走兽，有
蚊蝇，足以撑起一个盛夏傍晚的巷子口，人情味十足。稚儿擎
瓜柳棚下，细犬逐蝶窄巷中。人间繁华多笑语，惟我空余两鬓
风。——小孩水果走兽蚊蝇当然热闹，可那都和你无关，这就叫
孤独。

看着大家在群里聊得不亦乐乎自己却插不上话的时候；

因为经常加班又独居而吞了一堆泡面香肠的时候；

当一个人逛街看到两件打八折的衣服的时候；

当听到隔壁房间传出欢声笑语自己却冷冷清清的时候；

……

太多太多这样的时刻。小时候，觉得成年人的世界怎么这么多烦恼；长大了才懂得，人到底有多孤独。人的一生，都可以说是孤独的。因为所有珍视的，最后都会消失。

那天看朋友圈，忽然看到自己两年前发过的一条状态，彼时和现在的心境可能已经有很大的不同了，但还是想分享给你们，关于孤独——

你会偶尔感到孤独，变成文字更新在朋友圈，我看了难免不多思，这正是孤独的力量：即使身边有亲人、情人、朋友，但还是会感到孤独，所以想想那些抑郁症患者，他们有人爱的，但他们还是很艰难地活着。

所以希望你此生，能理解：不要再奢望人的孤独会不孤独。你不能，我不能，世上也无人能。

因为孤独，我们才会需要另外一个人；因为孤独，我们的生命才于困顿中生出诗意；因为孤独，滋生了悲伤和珍惜之情，才供养了我们的灵魂；也因为孤独，是人的一种需要，我们借此拉开和喧哗的距离，回归自我。

孤独是必需的，但它不该成为抑郁和消极的力量。我觉得最好的祝愿莫过于：我知你某一天会感到孤独，但请你转念想一想，在这个世界上，有一个在意你孤独的人，而我就在你身边，无论如何，我都会支持你——以行动，以真诚，以余生。

是的，有时我也会感到孤独。

比如，忽然不知道该说什么。说了，不一定有人听；有人听，不一定能听明白；好不容易明白，不一定感兴趣；感兴趣，不一定能回应什么；好不容易回应点什么，点燃了自己想说更多的心情，对方又不想再听下去了……

孤独是无奈的识趣，从和别人，最终回到和自己相处。

这是一种，还有另外一种。

他们说的孤独是夜晚，是一个人，是寂寞，是灯火阑珊没有一盏为你预留。我想说的孤独和光阴有关：是自己咬着牙成长，蓦然想起小时候，想起所有失去而永不可再得的那些瞬间，我的孤独感竟如此强烈。我想起被人爱和没有人爱的日子，我知道，这些统统都过去了，正如细沙从指缝溜走，在回忆里深陷而感到对挽留的无能为力——是的，就是这种孤独。

最后，我想跟你补充一下：

我不喜欢连夜摸黑爬山，只为在高处看一眼日出，不喜欢付出很大代价，这个过程我不快乐。我不喜欢不能持久的愉悦，短暂的欢乐，我越来越喜欢安定的、交心的爱情和友情。

我希望命运是被一种执念的强力所主宰，而非随波逐流。我希望重新过我想过的生活，即使知己无二，即使终身孤独。

我从不夸张，确实，我从来没怕过孤独这件事，即使所有人都离开我，即使在十几岁同学们嘲笑我、排挤我，老师不看重我、冷落我，我的家庭支离破碎、穷困潦倒，即使我一个人在异乡偌大的地方孤零零守着，我都可以说，我不怕孤独。即使我的活法里有一种自不量力的逞强，我也很清楚地认识到：我从不怕玉石俱焚，从不怕世上任何人以任何形式的情感来威胁我，我冷漠如冰，我六亲不认，我一定可以心如止水地做到的。

和你在一起的时候，我的骄傲不愿让我承认我希望被温暖，因为没有温暖的日子我也可以过得很好；但和你在一起的时候，我被温暖了。

我曾以为一定要酷，后来还是输给了幸福。

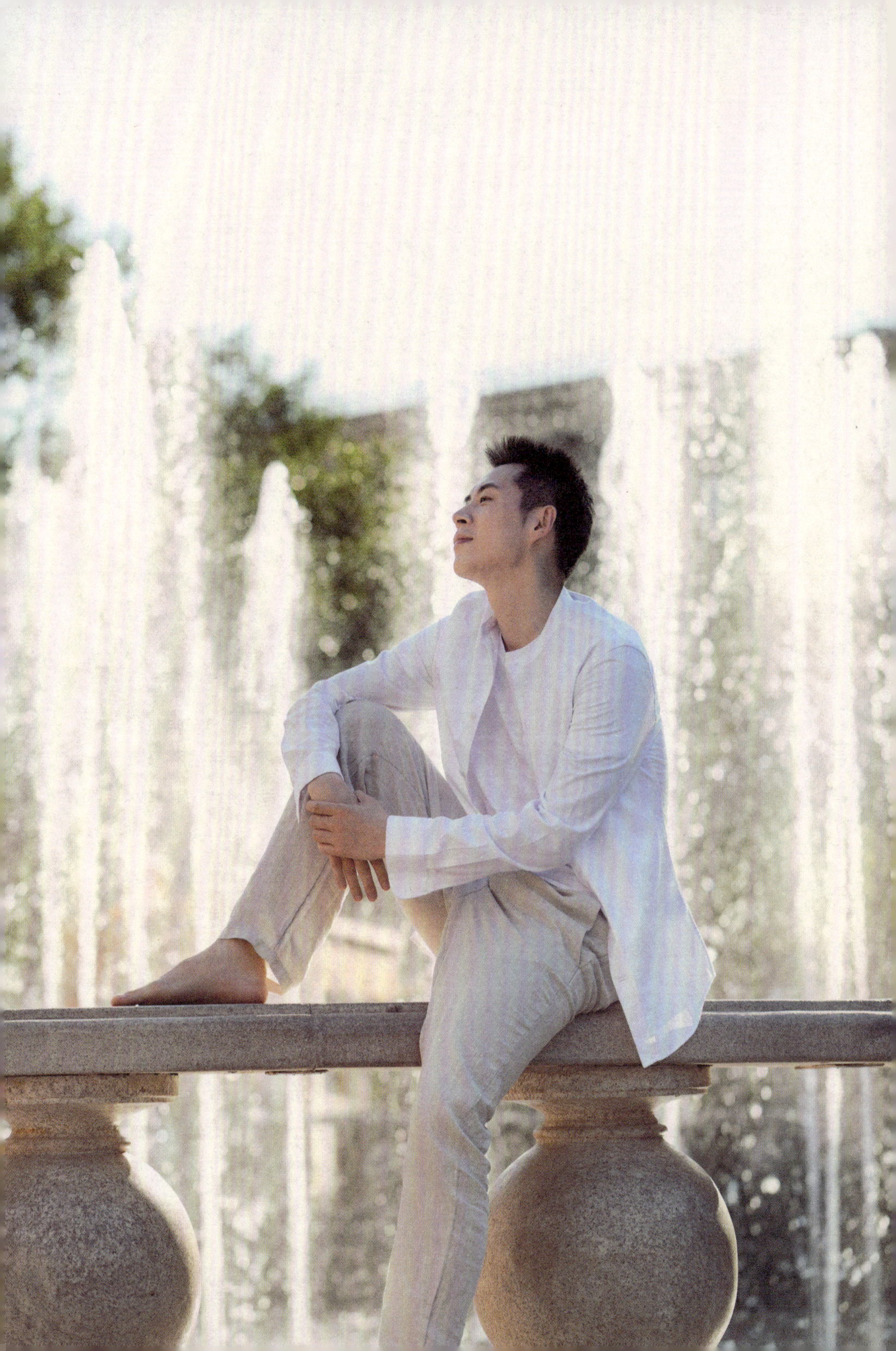

怀念是青春给我们最好的礼物

相见不如怀念。

上中学的时候第一次离家，去到寄宿制的学校，母亲把我送到宿舍后，帮我收拾行李，铺好床铺，又絮絮叨叨嘱咐了半天……想着终于获得自由的我只是嫌她啰嗦，着急着让她回家。母亲走后我兴高采烈地去食堂打饭，买到了最爱吃的土豆排骨。旁边那桌的姑娘，爸爸妈妈陪在一边，热热闹闹地说笑着看着姑娘吃。我夹起一块排骨放进嘴里，忽然发现，并没有母亲做得好吃，那顿饭吃得索然无味。从此我再也没有吃过学校的土豆排骨。那是第一次品尝了离家的味道。

上初二的时候，同桌换了个姑娘，文文静静的，总是梳着一个高马尾。那是不小心碰到胳膊都会脸红的年纪，她说的每一句话都像是情话。课间的时候她趴在桌子上午睡，窗外阳光正好，云一朵一朵飘过，忽明忽暗，我倚着窗台，看着趴在桌子上的她，阳光下她的耳朵似乎都是透明的，仔细看还能看到耳朵旁边细碎的头发，像昆虫的细小触角在搔着全世界的痒。走廊里全是打打闹闹、说说笑笑的声音，但都好像失了真。就像塞林格在《破碎故事之心》里说的："有人认为爱是性，是婚姻，是清晨六点的吻，是一堆孩子，也许真是这样。但你知道吗？我觉得爱是想触碰但又收回手。"

每一个青春悸动的男孩子都是文学家，第一次学着写情书，搜肠刮肚地找那些美好的词语，却发现没有任何词汇能把自己的心情表达清楚。始终没有勇气亲手把情书递给她，一直保留着，不知是遗憾还是庆幸。现在再翻开来看，厚厚的一沓，承载着白纸黑字的青春。如今已经走失在茫茫人海，偶尔回忆起来，心底依旧一片潋滟温柔。

中学毕业前，班上还流行相互写毕业纪念册，当同桌把纪念册递给我的时候，我整个人又回到了偷偷写情书的那种状态，搜肠刮肚想把最美好的词汇都用上，可是最后只写了"很开心能和你做同桌，希望你未来一切都好"。当你真的想表达的时候，反而会词穷。那句始终没说出口的"喜欢"或许是青春里最大的遗憾，但我始终心怀感激，她途经了我的青春。在我的心里，永远是个美好的回忆，偶尔见到还会彼此会心一笑，永藏心底。年少时光的爱，又有什么能比得上。

人啊，总是先让自己遗憾，然后再体会这遗憾带来酸甜苦辣的幸福。再然后慢慢地看开一切，最后懂得这就是生活必须经历的。

十年后同学聚会，遇到曾经喜欢过的女生，已经完全没有了记忆中青涩的样子，变得更优雅、知足，一副被岁月优待的样子。她开心地给身边的人展示自己的爱人和可爱的宝宝，满脸幸福。真心地替她高兴，只是心中再难有火花。曾经一起大打出手的男生，也成熟稳重了许多，礼貌地握手寒暄。过去的关系全都无力维系，青春太过单薄，风轻轻一吹就散了。

所有的青春都是匆匆那年，学生时代永远是心目中无法替代的。所谓青春，无非就是一群朋友一个暗恋的人一些遗憾一些梦想。我们的青春里小心翼翼地喜欢一个人，那么简单，那么单纯。那时候阳光那么明媚，温暖。一切都是那么美好。

这些年里，依然会无数次地梦见过学校那条长长的走廊，梦见下午阳光洒在课桌上，梦见自己考试忘记带准考证……现在回想起来，大多是"此情可待成追忆，只是当时已惘然"的感叹。我们现在的生活有多无趣多风平浪静，就有多怀念那时一望无际的时雨时晴。

越长大越成熟，越难分辨什么是爱了。我想我已经不会再奋不顾身，去无条件地相信与愿意，那些曾经的无所畏惧、勇往直前早在青春年少时就用尽了全部的力量。

时间一路向前，记忆却偏偏掉头向后。回忆起来的，都是只言片语，都是边角料。人们常说往事如烟，可往事哪里是烟，往事只是落下的尘土，平时不注意，一旦回忆起来，扬起的灰尘依旧呛得人流眼泪。

这些生活的流水账，掩埋在岁月中的琐碎片段，就像是漫天的星光，日后回忆起来，都闪闪地发着光。

以前科技不发达，不见便是真的不见，现在你能以各种社交工具了解别人。再见时恍如隔世。时间在变，人也在变。你还是你，我还是我，只是我们再也不是我们了。生命就是一场无法回放的绝版电影，有些事不管你如何努力，回不去就是回不去了。所以我们学会了怀念。

看着一个人的变化，回忆某一段时光，感叹人事已非的现实，感叹又唏嘘，相见不如怀念。

如果一个地方太漂亮，留下了太深刻的记忆，我不愿去第二次的；如果爱一个人爱得太深，我希望避免再次相遇，因为我担心再见会破坏第一次的感觉，破坏记忆里的美好。时过境迁，物是人非。与其再去触碰，不如就让最美好的部分留在回忆里。

原来我们这一生，一直渴望能带着最初的美好直到死，化成灰……人生若只如初见。可我们总会被事实算计、打击、颠覆、破灭。

可能直到今天我才知道，人生没有无瑕疵的美好，人生就是必须面对记忆与现实重逢，惊讶着面目全非，沧海桑田。

有时候会问自己，我怀念的，真的是以前的某个人或某件事吗？还是说，我怀念的，是旧时光里，那个曾经勇敢又单纯的自己……

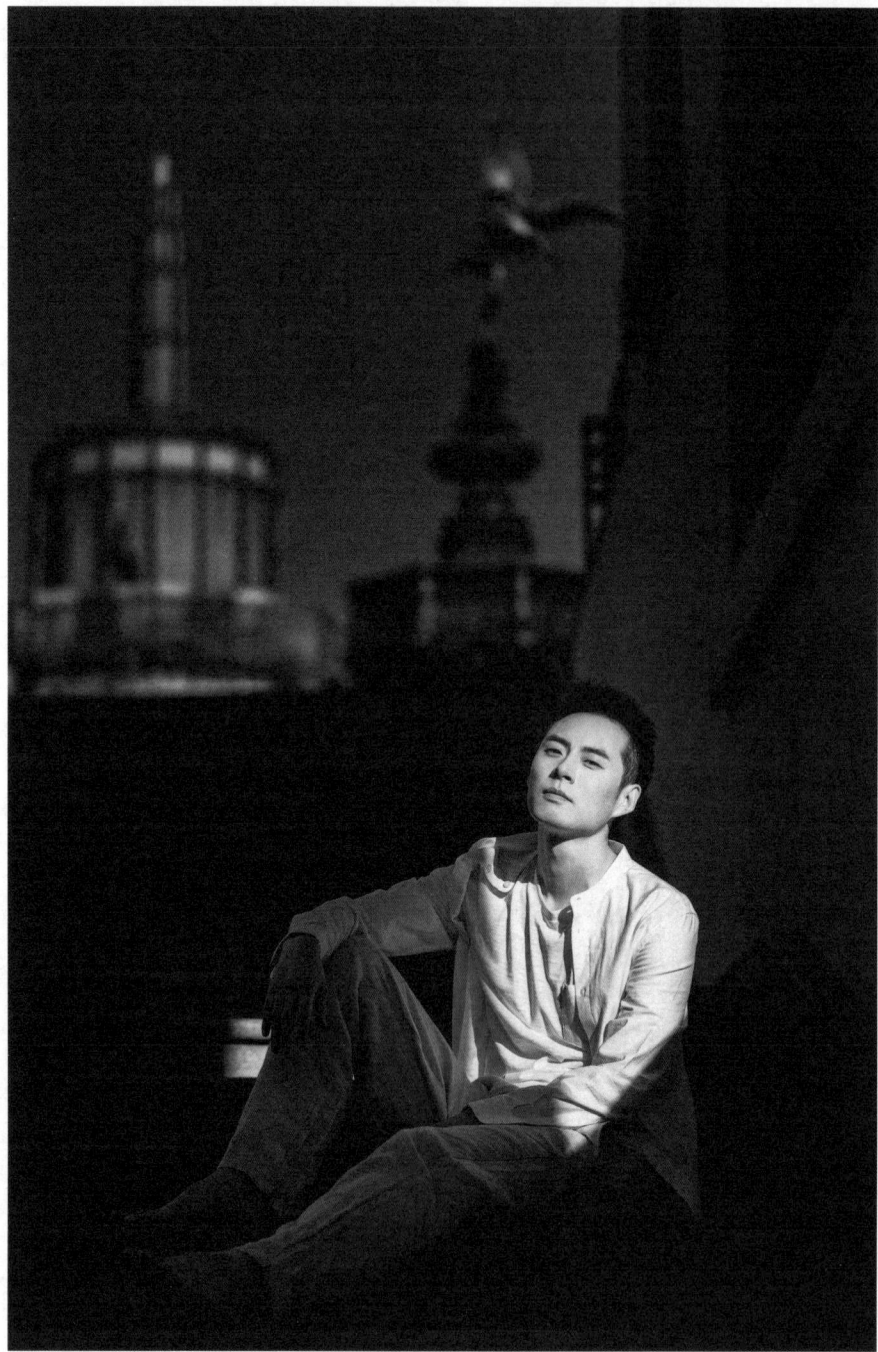

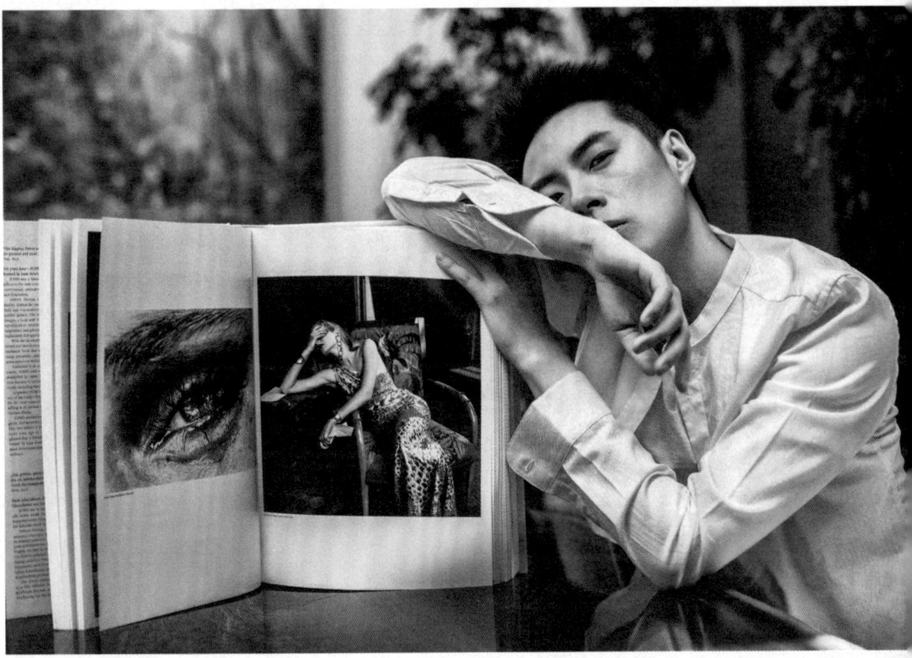

卡尔维诺在《看不见的城市》一书中说："你走了那么远的路，只是为了摆脱怀旧的重负。"你只要往前跑，尽全力跑，等你跑了好远好远再回过头，你会发现那些曾经的伤害那些让你痛苦得恨不得毙命当场的人和事，不过是天边一抹小黑点。所以跑吧，尽可能远，直到你回头，除了风声和白云，什么也听不见，什么也看不见。

未来你还要走很远的路，但是别忘了，时不时回头看看，那些留在旧时光里的脚印，提醒着我们未来的路不要走偏，不要折堕。

回忆是在岁月的河流里刻舟求剑。思念煎熬成往事，青春美好寄于心。怀念，是青春留给我们最好的礼物。

陌生的城市啊，
谢谢它照顾你

分手后又去过你的城市，回到过相识的地点，也无数次地徘徊在曾经一起走过的路口。但是再也没有你的消息，再也没有见过你。朋友说你很好，还是那么出类拔萃，女朋友也体贴温柔。搬了家，可能再也不会回去了。真好，愿你以后的天空总是云淡风轻，日光朗朗。

陌生的城市啊，谢谢它照顾你。

记得有一期的视频的配乐是《漂洋过海来看你》。视频里我说，这个世界上，最多的便是有缘无分。彼此安好，是最好的结局。

来到你生活了二十几年的城市，走你走过的路，欣赏你看过的风景。但是心里一直有一个声音告诉自己，别傻了，你等不到的。现实，终究还是输给了距离。陌生的城市啊，谢谢它照顾你。

我们总是一个人，习惯一个人。以前我认为这个世界上最浪漫的事，就是一个人跑很远的路去见自己想见的人，现在也是，以后也是，永远都是。

那期视频后，后台收到了很多粉丝的留言和私信，来分享他们的故事：

"我去过她的城市……不止一次地看过想过……从卫星定位上寻找她的坐标……模拟她回家的路线……只能在这个1071坐标上陌陌并默默地守候。"

"从石家庄的一个郊县，到哈尔滨。1500多公里，富裕的时候就坐飞机去找他，拮据的时候就坐一夜的硬座，14个小时，内心满满的都是见到他时满眼的笑意和温暖的拥抱，一切都不觉得苦。可我知道，我们能在一起的可能性微乎其微，但我真的放不开手，没有未来就这样绝望地爱着，不知道什么时候就会迎来道别。我肯定不可能笑着说再见，因为是那样深刻地爱过啊！张彭生，我爱你，奢望自己的余生全都是你；奢望你也勇敢，不要放开我的手……"

"2007年的冬天为了见你，我坐了两个小时的车从武汉出发来到你的城市，去找你，那是第一次坐那么久的车。见到你的那一刻，你双手焐着我脸，我好感动，我抱着你……一切仿佛就在昨天。后来我们还是没能在一起。陌生的城市，愿你一切都好！"

"失去，不是我的选择。我也知道他不可能等我，不可能等到我独立、成熟了，但我还是想为了他而坚持而努力。我珍惜那个拥抱着我哭泣，叫我去找个有感觉的人过日子，不要随意的大西几。喜欢你想你的时候会自卑到脸红，害羞到把头埋下；但是和你面对面吃饭的仪式感，走在你身边、坐在你身边的时候我又自信得发光。见你之前各种幻想，各种演练，见到之后却又羞得直接往家里蹦，没有冲上去拥抱。这是我现在后悔的。失去不是我的选择，你让我确定心意后，我就想在所有关系中找到妥协的点，能让父母接受的方法，努力吧！我对你仍有爱意。"

其中有一个老粉丝的留言印象很深刻："怎么说呢，陈先生，每次好不容易埋好的那些快乐又心痛的往事，总是被你轻松地挖出来了。去过她待了 20 年的城市，走过她走过的路，看过她看过的风景，也为了见她，跑了很远很远的路。异地恋，四年了，我感觉付出了一切，甚至我抛开最后的自尊，可她还是走了。她去迎接了风，接受了雨，还拥抱了大地，却丢了我在原始森林里迷着路，用了很久很久才找到出路，走出来，但心里还是惊心未平。已放下了，但今生却忘不了。那种像失去亲人的痛。分手一小段时间后，当着最好的兄弟的面，放声大哭，眼泪和鼻涕齐下。全身每一寸肌肤都是麻麻的感觉。或许这就是痛彻心扉的爱吧。都说奋不顾身的爱一生只有一次，但我不想这样，我还想第二次，哪怕继续撕心裂肺的。因为我不想丢了我的信仰。而且现在也在这条路上。或许这就是我真正的固执吧。"

……

一条条认真看完大家的留言，我才发现，原来生活中有那么多的爱而不得和苦苦挣扎。年少时觉得最浪漫的事，就是跑很远的路，去见想念的人，那种"为你翻山越岭，却无心看风景"的企盼，小心翼翼地收藏着在一起的每一份回忆。

城市无非都一样，钢筋水泥，高楼大厦，冰冷无情！人都有自己向往的城市，也许未曾去过。或许因这个城市曾经有特殊的回忆，或许因为所爱的人生活在那里。城市是无情的，只是因为住着爱着的人，便有了对这座城市的种种情愫……

时至今日，在我心里，一个人跑很远的路去看另一个人，依旧还是世界上最浪漫的事。迟到是为了让人变得更成熟，错过是为了懂得更珍惜，距离是为了见面时更有温度。

临睡觉前喜欢边听歌边躺在温暖的被窝里想在另一个城市的你，因为思念是一件特别美妙的事。如果你能中途出现在梦里，那就再好不过了。可能总有那么一两首歌，就像浓度很高的酒，适合在一个人的夜里慢慢咽。

想象中的一切，往往比现实稍微美好一点。想念中的那个人，也比现实稍微温暖一点。思念好像是很遥远的一回事，有时却偏偏比现实亲近一点。

也曾经想过放弃，异地恋太累了，但对方是你，我又该如何放手。

都说相濡以沫，不如相忘于江湖，可我知道，放弃一个人比再爱上一个人，更难。

朋友老乔说，他这辈子做过最奢侈的事，就是异地恋了。大学四年，和女朋友的交流几乎全部靠电话和短信，每天晚上在宿舍阳台上和女朋友煲电话粥，生活费几乎都贡献给了铁路局。

曾送过她生命里最用心又最笨拙的礼物，曾做过生命里最可笑又最心酸的举止，曾有过生命里最绝望又最坚毅的委屈。到最后，两人还是无疾而终。姑娘向往更精彩的外面的世界，天地广大，只能放手让她飞翔。那个在陌生城市的姑娘，还是没能和她有爱着爱着就永远的缘分。

这些年，一颗心总是飘飘荡荡，遇到的人总是没法圆满，或许有些遗憾是种圆满。从今以后，我们在世上行走，相爱，都是一颗破碎的心，碰见另一颗破碎过的心。

愿有人能看懂你的倔强，在你哭泣的时候为你递上纸巾，在你累到撑不下去的时候给你一个拥抱。

愿你隐忍的坚强能换来想要的生活。

愿有一人，终能珍视你的好，带给你所有的爱和温柔。

愿你以后所爱不再远隔山海，思念也不再翻山越岭。

愿陌生的城市，能替我好好照顾你。

生活，
就是一种永恒而沉重的努力

你第一次意识到自己长大的那一刻是什么时候？

是第一次离家外出求学背起行囊转身的时候？是毕业后第一次找工作碰壁的时候？还是第一次给家里打电话学会报喜不报忧转身却哭得像条狗的时候？

人突然长大的一瞬间是各种各样的。

是枝裕和说："成长是在无限接近绝望的感受中产生的，大概这才是人生的奇迹。"

记得美剧《老友记》中有这样一个桥段，富家女 Rachel 逃婚出来，想摆脱父亲的安排，过自己主宰的人生，而自由的代价，是从此以后要独立生活了。贪图安稳就没有自由，要自由就必须经历风雨。在众人鼓励下，Rachel 剪掉信用卡，意识到自己要独自一人面对接下来前途未卜的生活时，她不知所措。好友 Monica 给了 Rachel 一个安慰的拥抱，对她说："Welcome to the real world! It sucks. You're gonna love it！"（欢迎来到现实世界。它糟透了，但你会喜欢的。）

是的，这就是现实的世界，它可能和你想象的不太一样，扒开外表华丽的糖衣，里面也有黑暗、肮脏、绝情、冷漠，但我们还是带着好奇、惊慌、喜悦、愤怒，用一把叫作"梦想"的钥匙，打开了新世界的大门，一脚踏了进来。

这个世界是现实的，唯有用努力和自我令它柔软。

我 12 岁时一个人来到北京学习舞蹈，17 岁南下打工，和七个人挤在一间简陋的员工宿舍。对，非常简陋，简陋到只有几张硬板床。我拿背包当枕头，毛衣当被子，最穷的时候，全身上下只有一百块钱，我硬生生这样扛了一个月。还没来得及改变世界，就先被世界来了一拳。

那段时间经常晚上一个人在大街上走，看着周围步履匆忙的行人，有刚下班的白领，神色疲惫，一边打电话，一边往嘴里塞快餐；有刚刚下晚自习的学生，三五成群，满脸都是满不在乎的笑容，青春洋溢；有大热天依旧卖烤串的小摊贩，满头满脸的汗一直往下淌，手却一直没停，满脸堆笑着招呼着顾客。这就是现实世界，辛酸又真实。他们都在做着自己喜欢的事吗？ 是现实太糟糕了，还是自己太卑微？

那种感觉就像是，周围全是人，却都和自己无关；自己被人群吞没，赤手空拳，四顾茫然。坚持与妥协总是那么让人两难。可能骨子里还是有那么几分倔强吧，觉得总不能还没努力就向现实妥协吧。有时候在人生最低谷的时候，告诉自己马上就要往上走啦。还好，年少时吃过的那些苦，终于成为了我走向更高处的脚下的基石。

既然世界不会变得更加美好，理所当然我的人生也不会变得更美好。很多时候，我们不是为了有更美好的明天，而是为了避免遇到最糟糕的明天，努力生活下去。疲惫生活与英雄梦想总是冲撞，大家都一样。

那是迄今回想起来人生中最难挨的一段时间，后来也遇到过很多很困难的时刻，但都没有那段时间让我感觉人生如此灰暗，仿佛一座死火山。背井离乡漂泊在外，做着自己不喜欢的工作，眼前一片狼藉，未来还没着落，前途未卜，回头无路。那是第一次如此强烈地意识到，长大，真的是自己一个人的事。

《这个杀手不太冷》里玛蒂尔达问莱昂："人生总是那么痛苦吗？还是只有小时候这样？"

"总是如此。"

总是如此。生活，就是日复一日地、沉重地、永恒地努力。虽然我们都希望，这样的日子只是暂时的。

偶尔也会觉得，生活真的很不公平啊，别人一出生就拥有的，我却要付出十倍、一百倍的努力才能得到。别人轻轻松松得到的，我却需要跑着才能追上。但是我不后悔，起码比起没有的人，我总算拥有过了，未来肯定会有很多更好的东西等着我。我会永远记得为了目标奔跑的感觉，因为当时努力奔跑出的每一步都造就了今天的我。当时吃过的苦，今天都能笑着讲出来。当时那些灰暗的时刻，日后回想起来，都闪闪发光。

成长本身就是一个不断升级打怪的过程，困难像是随机出现的怪兽和炸弹，不在于你学会了如何去规避这些困难，重要的是，你不再害怕前方可能会遇到的怪兽。你可以被打倒，但一定要学着自己站起来。

我们应该都是这样长大的吧。孤单又倔强，迷茫又执着。《夏目友人账》里有这样一段话："我必须承认，生命中大部分时光是属于孤独的，努力成长，是在孤独里可以进行的最好的游戏。"

你看"长大"这两个字，孤独得连偏旁都没有。人生本是条孤独的单行道。我们都是在这条路上孤独地走向终点。最重要的，是学会和孤独和平共处。

之前有过一段时间，一直忙着社交，忙着去扩大自己的朋友圈子。为了交到更多的朋友委屈自己，迁就忍让，最终我成了一段失败的关系中的牺牲品。后来我再也不会为融入"圈子"而强求自己，我努力经营好自己的生活和工作，维持好每一段难得的友情，不断地向内锻炼自己，后来生活渐渐出现转机，日子慢慢变好，也开始有能力去做自己真正喜欢的事情了。当卸下这些与自己无益的重担，轻装上阵，反而收获了更多。

慢慢地身边的朋友说我变了，变得更成熟，也更通透了。成熟不是为了走向世故，而是抵达天真。所以，不要变得圆滑，要变成一颗星星呀。

我非常喜欢《无声告白》封面上的那句话：我们终其一生，就是为了摆脱别人的期待，找到真正的自己。

生活的意义，不能用别人的标准来定义。你觉得值得，就一往无前地努力去闯，哪怕遍体鳞伤，牺牲全部，也是值得的。到时候你就会发现，你并没有自己想象的那么脆弱，那么需要保护。归根到底，生活这潭水是深是浅，还是得自己去蹚一蹚。

所以日子啊，得一天一天踏实过，一针一针密密缝；按照自己的节奏，不慌不忙，不要用力过猛，也不要畏手畏脚。反正人生是场马拉松，用不着百米冲刺，哪怕跑慢一点，只要不倒退，你就算赢了。一定要记住，你走的每一步，都算数。

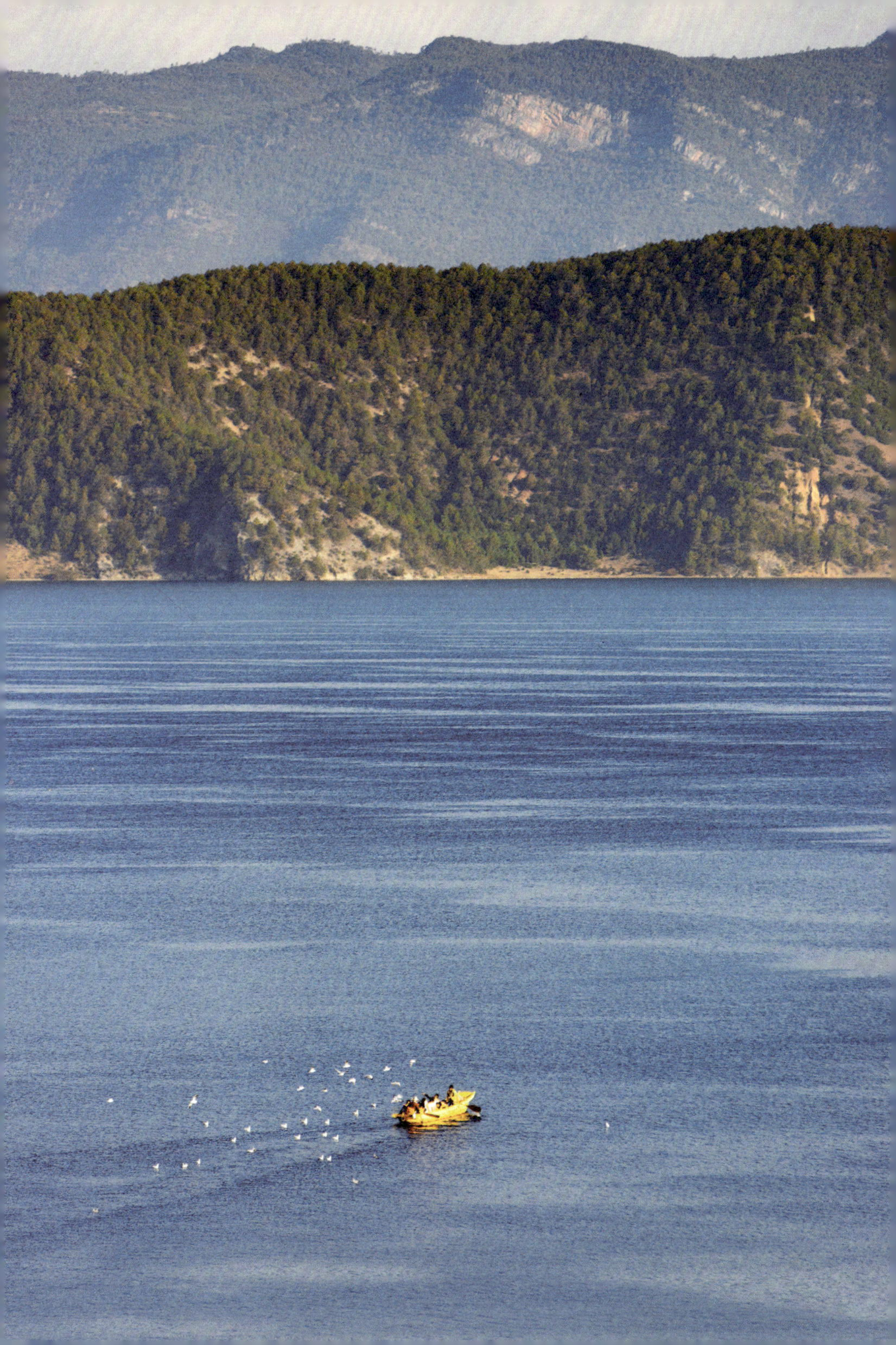

唯有你也想见我的时候，
我们见面才有意义

我们一生中，总会因为一个重要的人突然离开，而忽然成长。

——《苹果酒屋的规则》

越来越觉得，人与人之间的相遇，都讲究个恰逢其时。也越来越相信，曾经深爱过的人，一定会在有生之年，以一种无法想象的形式再次相遇。只不过，即便重逢，也回不到曾经。

无约而至，一如被时间的海浪带走的人，有一天忽然又被海浪冲回了岸边。终于释怀了曾经你给过的所有悲伤，终于可以卸下伪装，穿越人群，给你一个真诚的拥抱。

接下来我要讲的，是我一个朋友的故事。既然是他的故事，我决定用他的口吻来讲给你们听。

这是今年第三次相亲了。同事和他女朋友极力撮合，名义上说是介绍新朋友一起玩，实际上就是变相的相亲。地点约在了一个咖啡厅，一坐下来同事便开始讲对面那个女孩的优点。我低头看着水杯，大拇指一圈圈地在杯口摩挲。耳边同事的声音仿佛来自外太空，一遍又一遍地回响，话说得深入浅出，浅尝辄止，总结起来的中心思想无非就是这是一个好姑娘，非常适合娶回家当老婆。同事讲完，坐对面的他的女朋友也开始夸起我来。相互寒暄了将近半个钟头，同事和他女朋友互相使了一个眼色离开餐桌，把我们两个人单独留下。我和她静静对视了一分钟。

"好久不见。"她先开口打破寂静。

"怎么把头发剪了？"我看着面前的她，一头清爽干练的短发，脸也瘦出了尖尖的下巴。记忆中她一直是一张肉乎乎的小圆脸和吊在后脑勺甩啊甩的马尾辫。

"没想到会在这种场合碰见你。怎么也出来相亲了啊？当初你可是说打死都不会相亲的，怎么这么快就向世俗举手投降了呀？"她没接话茬，半开玩笑半认真地问我。

"当初咱们俩倒是自由恋爱来着，到头来也没开花结果不是？"

一阵尴尬的沉默。

"兜兜转转，还是你啊。所以，咱们……还要再试试吗？"她没有看我，一直盯着窗外，店里的轻音乐掩盖了她的声音，但我还是听到了。

"你记不记得我们之前一起看过的一个电影，里面说分手的人重新复合的概率是 82%，但是复合后能走到最后的概率只有 3%，剩下的 97% 都会再次分手。和第一次分手一样的理由。我天生就是个没什么好运气的人，大概不会成为那幸运的 3%。所以，你以后一定要幸福啊，但我不打算再冒险了。"

2

"后来呢？"我问朋友。

"走散了的人哪有什么后来。"

"不觉得可惜吗？"我感到唏嘘，"好不容易重逢了。"

"人们总是习惯于把重逢想象成一件特别美好的事，却忽略了重逢本身就是两个人的事，只有她也想见我的时候，我们的见面才有意义。失去的即便能回来，也不再是当初的模样。更何况我们只是不期而遇，而她也不是如约而至。"朋友叹了口气，"生活还真是荒唐得像狗血八点档啊，赐我一场相遇，却不赐我一场爱情。赐我一场爱情，却不赐我地久天长。"

朋友说，那天他们其实聊得挺久的，才发现原来两个人也曾有过那么多美好的回忆。两人小心翼翼地回避着那些不开心的经历，对曾经的伤口绝口不提。只不过有些事，记着心塞，忘了心痛。

这个世界上每天有那么多人离去，又有那么多人相遇，有新的爱情诞生，也有旧的恋情终结。海明威说，每个人都不是一座孤岛，一个人必须是这世界上最坚固的岛屿，然后才能成为大陆的一部分。但其实每个人都是一座孤岛。大家相互靠近，或是彼此远离。像那些脱离了轨道的行星，孤独地对抗着整个庞大的银河系。

谁不想从情窦初开到两鬓斑白，最后错过的，都是缘分使了坏。那些离开了你的人，不管当时是出于什么原因转身离去，至少在她决定要走的那个瞬间，她觉得没有你，她会过得更好。

所以世上所有的相见啊，都不如怀念。

我渐渐理解朋友所说的了，年轻时所有聚散离合都是不计代价后果的，当初口不择言说散就散，但伤口就是伤口，即使愈合了，仍留存着当时疼痛的记忆。就像泰戈尔说的，当时光渐逝，我站在你的面前，你将看到我的伤痕，知道我曾经受伤，也曾经痊愈。

生活里没有完整的故事，它们太过漫长，所以无法讲述出来。能提及的，只是片段。

人这一生会遇到很多人，每个走进你生命的人都有他的使命和任务，他们很可能只是路过你生命的一段旅程，谁也不能保证陪你走到终点。很多时候，爱过了就不遗憾。

或许有一天你会忘记我，投身于新的爱情，放纵在他的世界里；有一天你会遇到一个和你更合拍的人，有一个可爱的孩子；有一天你会忙碌在纷繁的人群中，忘记年轻时的梦想；有一天你和我会擦肩而过，但却辨认不出彼此；有一天你会偶尔想到我名字，却记不得我的模样。

或许你会遇到更好的人，幸好不是我。

可惜不是我。

无论怎样都谢谢你曾经来过我的世界。那时候的快乐是真的，患得患失也是真的，那时候的喜欢是真的。只是不喜欢来得太快，谁也无能为力。

我们总是在错过的时候追悔莫及，喜欢用"如果当初……"来当借口为曾经的错误买单。只可惜，生活中没那么多"如果"，却有很多让你猝不及防的"但是"。

真的爱过你，也真的觉得可惜。爱你是一路艰辛，但一路仁至义尽。无论我们最后生疏到什么样子，曾经对你的好都是真的。希望你不后悔认识我，也曾真正快乐过。

你要学着接受这世上突如其来的失去，努力让自己过得好一点。大家的人生都一样，丢过几次钥匙，没见过把钥匙弄丢了就永远回不了家，也不可能把一个人弄丢了就得孤独终老，怕什么。

你只记得他所有迷人的细节，
却忽略了他不爱你这个事实

大学四年印象最深刻的一堂课，是外国文学选修，一次讲到浪漫主义文学时，教授站在讲台上跟我们说："你们知道'浪漫'这个词的词源吗？它源于骑士文学，形容中世纪骑士阶级和上层贵妇人之间注定无法有结局的爱情；'Romance'这个词的本义就是知其不可为而为之，是明知不会有结果，却依然无法停止爱你。"

这句话当时给了我很大的触动。

爱一个人的时候，更多的是一腔孤勇，是"即使预见了所有悲伤，但我依然选择前往"。

"暗恋"这个词，包含了太多的情绪。是你欲言又止时的犹豫不决，是他佯装听不懂的弦外之音，是你命中注定的得不到，也是他让人望而却步的分寸感。

村上春树说，如果我爱你，而你也正巧爱我。你头发乱了时候，我会笑笑替你拨一拨，然后，手还留恋地在你发上多待几秒。但是，如果我爱你，而你不巧不爱我。你头发乱了，我只会轻轻地告诉你，你头发乱了喔。

这大概是最纯粹的爱情观，如若相爱，便携手到老；如若错过，便护他安好。

1

之前在网上看到过一个七夕特辑关于暗恋的采访视频，其中有一个小姑娘让我印象非常深刻。姑娘是艺考生，考了 11 所学校，拿了 11 张证，考的学校都过了，就是没有她想考的学校。

女孩高一做志愿者的时候喜欢上了一个男生，当时男生已经是北大大二的学生了。女生当时告诉他，一定会考到北京找他。为此她积极准备艺考，虽然父母不赞同，但女孩学得很开心，每天过得很充实，好像这样就能离男孩更近一点。艺考都是在冬天，女孩每天早上 6 点多起床，去外面考试，也没有空调，就裹着一个大棉袄在寒风里等。就这样疯狂地报了十几所学校，一轮一轮地考。当得知北京的学校在她的考点都不设招生点的情况下，女孩仍旧抱着侥幸心理，想着说不定能等到传媒大学在这边设招生点。当女孩发着高烧走出考场的时候，等在外面的老师告诉她传媒大学的考试就在同一天，已经考完了。

镜头里，姑娘红着眼眶说："当时挺绝望的，高中的整个人生，都是为了考到北京的学校，结果全部错过了。我当时就觉得好累啊，我想回家了。"女孩哽咽着说完，半晌没说话，只是眼泪越积越多，伴着一声不甘的长叹，一起落在了地上。

他是她青春中最长的执着，而她终究只是他生命中的过客。

往昔多少心事，如今都成了故事；本以为能心平气和地讲出来的，可一提起来啊，就又变成了当年那个卑微又勇敢的自己。

喜欢你就像饮鸩止渴，画饼充饥。只有彻底绝望过，才能重新活过来吧。

想起王小波写给李银河的一句情话："我真不知道怎么和你亲近起来，你好像一个可望而不可即的目标，我捉摸不透，追也追不上。"

每个人的青春里可能都会遇见一个让你的人生熠熠生辉的人吧，让你一想起来就忍不住地挺直腰板朝前走，告诉自己一定要变得优秀，才能追赶上他啊。

暗恋真的是一个人的独角戏，可谁又知道演戏的人就不幸福呢？

你记得他的生日，记得他喜欢什么讨厌什么，把他不经意说过的话都放在心上，为他无数次影响情绪却从来不让他看到你脆弱的样子，为他做不喜欢的事，为他放下面子，放下所谓的原则，放下一切，为他改掉坏脾气，为他拒绝所有暧昧。他喜欢短头发的女生，你就狠心把留了好多年的长发剪掉；他喜欢早饭喝牛奶却总是没时间热，你就每天提前到教室打好热水。可这些又有什么用，他喜欢的，终究不是你这个人啊。

有人觉得出场顺序很重要，如果换一个时间认识，也许会有不同的结局。有这种想法的人很可笑，不爱你的人就是不爱你，无论你在哪个时间，哪个阶段出现，他一样不爱你。

想去拥抱你，即使山河阻拦，风雨交加，路遥马远，我都可以跨越重重艰险去找到你。你知道我从未惧怕奔赴，唯独你不爱我，会使我连迈起脚尖的勇气都没有。

2

身边有一个认识快 10 年的朋友，喜欢大学时的学长，每年两人都会在对方生日零点准时送上祝福，会一起共度平安夜，一起为对方的感情出谋划策，一起笑嘻嘻地许愿对方来年找个对象，却始终没有说出那句"我喜欢你"。

我不明白为什么真心喜欢一个人却不告诉他，她笑笑说，越珍惜的东西，越会小心翼翼，就像谢安琪歌里唱的那瓶永不开封的汽水，瓶口打开了，汽跑出来了，汽水就不好喝了。与其冒着打开后会让汽水变难喝的危险，不如就让这瓶汽水永不开封吧。虽然尝不到，但至少还能抱在怀中吧。

"如果重新选择，我还会选择遇见他，哪怕最后没有在一起。那些年，也没有浪费。"

人似乎越长大越难将心事和盘托出，小时候总是词不达意，长大后又有了太多的言不由衷。后来，我们学会了收敛期待，学着用插科打诨的形式包裹起那一刻的心动，不露声色地以"好朋友"的身份注视和陪伴。生怕把真心抖搂出来，在这层关系中会显得那么不合时宜。

《东邪西毒》里有段台词："以前我认为那句话很重要，因为我相信有些事说出来就是一生一世。现在想想，说不说也没有什么区别。有些事情是会变的，我一直以为自己赢了，直到有一天我看着镜子才知道我输了。在我最美好的时间里，我最喜欢的人不在我身边，如果能重新开始该有多好。"

都说时间会冲淡一切，但那些暗恋的细节却已经在回忆里生根发芽。削苹果的时候在心里打赌，如果苹果皮不断，那我们就会在一起，于是小心翼翼地削着皮，比做算术题时还要认真；在他家楼下等他一起去看电影的时候，围着花坛一圈圈地走，数着地砖如果是双数的话，我们就会在一起。那些年偷偷做了许多幼稚可笑的傻事，对着莫名其妙的东西许愿，单数的花瓣，偶数的台阶，能够整点到站的公交车，只是为了找出哪怕一种被 Ta 喜欢的可能，但最后还是没能在一起。

多少时刻，想要直奔你而去，开门的那一刻，还是关上了，因为不知道这样的突然出现，算不算打扰。想起曾经奋不顾身连夜翻山越岭去看你，现在依然会有那样的冲动，越过山川湖泊，也只是为了哪怕远远看你一眼，我想这大概就是心动的感觉。当见你成了奢望，我想是不是该劝自己放弃。

暗恋是一场旷日持久的感冒，唯有两人相爱才是解药。可能我爱你久病成医，而你终究不是治愈我的那颗良药。

谁不是背负秘密小心翼翼地过活，谁不是反复开合心门伸长脖子企望爱的光临。可大部分的我们，就像朴树歌里唱的那样，"有些故事还没讲完，那就算了吧；那些心事在岁月中，已经难辨真假。如今这里荒草丛生，没有了鲜花，好在曾经拥有你的春秋与冬夏。"

结局还不是，我们就这样，各自奔天涯。

3

我注视着你，像一团炽热的火焰，看穿你，看穿自己，看穿爱情。我希望你知道：我像太阳一样爱你，像空气无处不在，像日月从暗到明，像宇宙无边无际。

爱你正如爱生命。

爱你，当然渴求你接受我，用我一样的方式回应我。我抱你，希望你张开双手。我吻你，希望你迎上脸颊。谁希望火热的心被冰刀刺穿，不顾一切的冲动被冷水凉透。

但是，真的不爱，那一厢情愿的燃烧，是不是就变成了打扰？

原来成长，是学着不打扰。

爱过了，从此便不打扰了。

淡忘了，青春便也结束了。

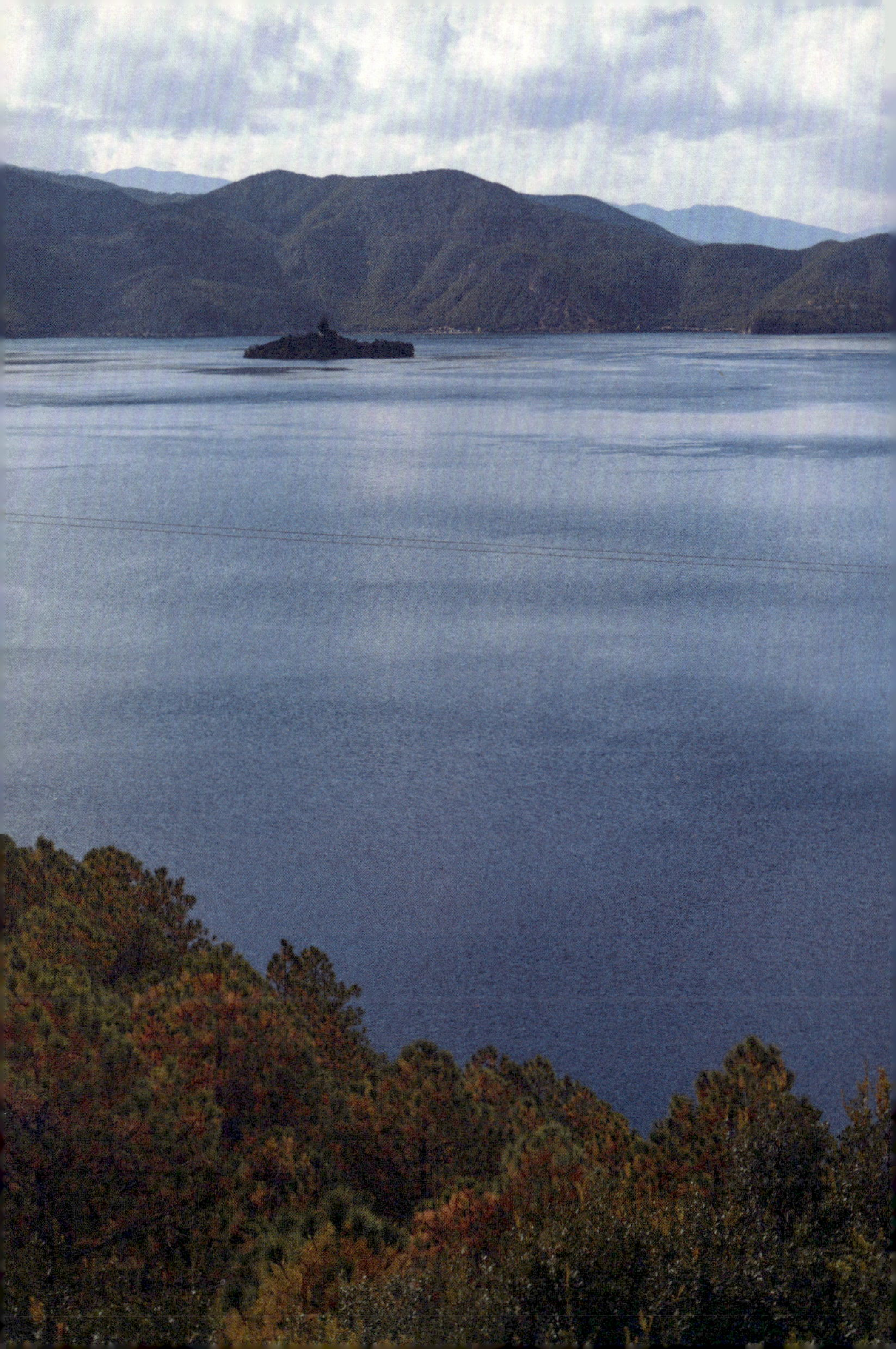

我们都很好，
只是时间不凑巧

天下大势，合久必分，分久必合；天下有情人也一样，兜兜转转，分分合合，能爱着爱着就永远的，都是交了天大的好运，大多数人可能会中途下车，挥手说声抱歉啊，不能陪你走完余下的路了。

世间事，大抵如此。

磊子最终还是和媛媛分手了，结束了长达两年零四个月的异地恋。

听到这个消息的时候我一阵唏嘘，因为我一直觉得，磊子和媛媛是能够一直牵手走到最后的那对儿。

磊子和媛媛是高中同学，和大多数的高中生一样，每天的生活是无止境的考试和升学的压力，白纸黑字的苍白青春因为彼此的出现而有了不一样的色彩。在父母老师年级主任各方的严防死守下，终于成功牵手于恋爱自由的大学校园，只是填高考志愿的时候阴差阳错，一个北上，一个南下；一个去了成都，一个来了北京。异地恋并没能阻挡二人，从此两人开始积极为世界 500 强通讯事业添砖加瓦。

命运的不凑巧，或许就是从那个时候开始的吧。

初恋的甜蜜，加上初入校园的新鲜感，两人每天都要视频好久，互相汇报彼此的生活，跟做年终总结似的，整点报时一般的"早安""午安""晚安"，以及密集的"么么哒"。恨不得今天多吃了一碗饭，脸上长了一个痘也要打电话告诉对方；隔着屏幕感受千里之外的城市的温度，手机的消息提示音就是最美妙的声音。但终究隔着屏幕，嘘寒问暖却触不可及，终究不如一个面对面的拥抱来得实在。

媛媛生日那天，磊子坐了一天一夜的火车，拿着打工一个月攒下的钱买了生日礼物，偷偷去了成都。见到媛媛的一刹那，磊子像守株待兔的那个农夫，看着媛媛从惊讶到惊喜再到喜极而泣，像蒙圈的兔子一样投入到自己的怀里。看着怀里的又哭又笑的"兔子"，磊子觉得这 20 多个小时的火车，值了。

"终于体会到那种小步紧跑去迎接一个人的快乐了。"磊子回来后开心地和我说，"但看到她的时候，发现她的头发又长长了不少，忽然觉得很难过，觉得我不在的这些日子里，生活都是空白。但是她当时在我怀里冲我一笑，我就觉得，她这不是在我身边呢吗？她会一直在我身边吧。以前一直觉得，吾心安处，即是吾家；现在想来，她在哪儿，哪儿就是我的归宿吧。"

所有的异地恋都不容易啊。伤心时给不了拥抱，天冷时给不了外套，温暖鞭长莫及，疏离和思念却能翻山越岭，漂洋过海而来，席卷每一个辗转难眠的夜。不敢问她所在的城市有没有刮风下雨，因为怕说了，却不能在她身边为她撑伞。渐渐地，两人的消息回复不是那么及时了，有时是在赶论文，有时是同学聚会，聊不了几句就挂了。有时双方都有点小情绪，但都忍着不发。再后来，聊天时的共同话题越来越少，少了些天南海北，多了些前途后路。有时上一秒还如胶似漆，下一秒恨不得撂下电话飞到跟前互扇耳光，一点尘封的鸡毛蒜皮的小事都可能引发一场不必要的争吵，什么事都要讲个道理，争个对错。彼时的蜜糖，都成了此时的砒霜，句句带着致命的毒。心中的小情绪堆积如山，直至溢出来；那些曾经默默隐藏起来的伤口，又重新被撕开，血淋淋地摊在眼前，触目惊心。

磊子也曾有过想要放手的念头，那段时间电话一响他就皱眉头。我劝他，异地恋好啊，距离产生美；好多情侣在一起还不是每天吵架，你们这样也挺好的，相看两不厌嘛。

磊子笑笑，没再说话。

分手的原因其实很简单，简单到只有一句话。那天媛媛给磊子打电话，一连打了三个都没接通，正要打第四个的时候，手机里传来一条消息：在聚会，等下回你。

媛媛回过去:"我累了。我们分手吧。"

磊子没回。

当天下午磊子飞去了成都,见面后两人都很平静,很平静地一起吃了顿饭,临走前媛媛忽然对磊子说:"再陪我看场电影吧。"

磊子点点头。

那天两人特意选了一场喜剧电影,电影院里传来一阵又一阵排山倒海的笑声,磊子和媛媛不说话,只是一个劲儿地笑,笑得很夸张,笑得眼泪鼻涕都下来了。电影结束后,大家都走得差不多了,工作人员开始清场。两个人始终没动,仍不说话,媛媛低着头,手中的纸巾被揉搓得惨不忍睹。再抬头时,身边的座位已经空了。

其实那个时候,两个人都憋着一口气死扛着,等着对方先放手。但其实大家心里都明白,当一段感情用了"坚持"这个词的时候,就注定了惨败的结局。因为爱不是消耗,是彼此成全。

后来有次聊天,谈到感情问题,我小心翼翼地问磊子为什么那天非要去看电影,磊子没说话,拿出手机开始翻找,过了好半天递给我。我接过来,是媛媛好久前发的一条微博动态:

"曾经攒了好多平时聊天时他说起过的电影和歌,甚至还整理了一份很长的影单,当时满心欢喜地想着有一天,最好是一个假日的午后,阳台上晾着刚刚洗过的衣服,空气里有好闻的洗衣液的味道,

后来有人问我，你一生中最后悔的是什么？

我说是我的少年时期没有一个最刻骨铭心的爱人。

我和他窝在床上，一起依偎着看一部老电影，一起为了剧情而吵闹争执，气呼呼地不理对方，然后看着对面楼的灯一盏盏亮起来，他牵起我的手，两人一起去吃一碗热气腾腾的牛肉面。只可惜，电影还没来得及看，他就提前离场了。"

分手后，磊子又去了一趟成都，走过之前曾经一起牵手走过的老街。原本以为自己早就翻篇了，但满目风景都是惊心动魄，刺得每一寸肌肤都麻麻的。回忆就像一层层剥开的洋葱，呛得人直想流眼泪。

"我用了两年时间，熟悉了这里，最后却和她成了陌路。"

原来，还是没能学会忘记你。

故事的开始，我们都以为会相互陪伴走到终点，但中途你提前下车，我却还在和记忆纠缠不休。等我幡然醒悟，你却挥手告别，对我说，抱歉啊，不能陪你走完余下的路了。

有时候我想，其实热恋时天各一方的思念并不难，难的是将这份干柴烈火隐忍成清明的月光，照耀余下共同的一生。

离开前，其实不必刻意说再见的。很多离别的时刻，都是在你毫无准备的情况下发生的。

错过的，就当成是路过吧。毕竟是曾经互为彼此生命中焰火的人，即使最终熄灭了化为灰烬，也会带着并不灼人的温度，留在回忆里取暖。

时光的河入海流，
最终我们分头走

最好的结局，不是在一起，是不忘记。

记得上大学时看过一部电影，名字叫《每天爱你8小时》。

电影开场白很经典："记不得谈过的恋爱哪次最短，最长的失恋又有多长，原来人的年纪越大记性越差，只知道一天有24小时，8个小时工作，8个小时睡觉，剩下的8个小时不知道做什么好，唯有找一个你觉得样子颇好看，又不嫌弃你的人，大家搂搂抱抱、互相哄骗，把余下的8个小时度过。不说不知道，据非正式的统计，每人一生平均吸入3869次二手烟，失恋7.8次，失业4.2次，有0.99次婚外情，有半个暗恋对象，不过，可惜没有人能肯定地找到一次真爱。"

人与人的相遇与别离，都是有期限和运气的。只不过有的爱着爱着就永远，有的走着走着就散了。

去年年终同学聚会，酒过三巡，大家开始聊起了前任。

恰逢当时《前任3：再见前任》电影大热，据说电影院里电影放完后"哀鸿遍野"，男男女女哭得稀里哗啦，大家都借着电影祭奠了自己逝去的青春，缅怀了一下曾经错过的人。

"我和她是和平分手，无疾而终。"阿谅点起一根烟，"恋爱的时候感觉每天都有说不完的话，从来不怕没新鲜感，恨不得天天腻在一块儿。真正在一起生活了才发现，也会争吵，也会为了鸡毛蒜皮的小事翻旧账，会为了对方的爱好委屈自己。我一直天真地认为付出就是对她好，从来没有想过她想要什么。慢慢地对话越来越少。今天在家收拾东西，翻到一瓶很久以前她送我的香水，是我们在一起后过第一个情人节的时候她送我的礼物，我一直没舍得喷，特别宝贝地放着。今天忽然翻出来，发现香水早就过期了。"阿谅叹了口气，"感情这件事也一样，你一直珍惜着的东西，不知什么时候就过了保质期变了味儿。"

同桌的冷哥一口干掉面前的一杯啤酒："谁说不是呢。我和她异地恋，大学四年。每年都会两地来回跑几趟，毕业的时候说好了一起来北京打拼，结果临毕业前，她的父母给她安排好了老家的一份工作。分手是她提的，她说北京空气太差，房租太高，交通太挤，父母只有她一个女儿，肯定是要放在身边的。"冷哥眼圈泛红，"我以为两个人在一起，就能克服千难万险，结果我已经走出了那99步，最后一步，她却选择了后退。前些日子过马路时看到了她，她没看见我，在等红灯时看到她和她男朋友手牵手从我车前走过，红灯变绿了三次我依旧没有起步，就想再看看她的背影。"

桌上一片沉默，大家各怀心事。烟头明明灭灭，像极了外面一盏盏亮起的路灯。大家沉默地喝着酒，一直喝到酒吧打烊，然后拎着酒到大街上坐在马路牙子上继续喝。偶尔有几个路人经过，看到我们都见怪不怪。同是天涯沦落人……

黑夜真好，它如此安全，包容了所有无家可归的灵魂。

感情这件事，就像鱼刺卡过喉咙你却还是喜欢吃鱼；被狗咬过，被猫抓过，你还是爱护动物。他弃你于千里之外，你还是愿意为了见到他走过千山万水。道理是一样的，你喜欢，就甘愿。人啊，总不能因为害怕结束就避免一切开始。再来一次，我还是会选择这一切。包括愚蠢的过去。

每一段爱情故事里，都会有一百个死心的瞬间，有一百个想要放弃的瞬间，有一百个被刺痛的瞬间，有一百个忍不住哭的瞬间，但都抵不过几千几万次想要拥抱对方的瞬间。总有些爱，在自生而被迫自灭后，才能体会到付出的代价。

上天给了你很多诱惑，却不让你轻易得到。但是，总不能流血就喊痛，怕黑就开灯，想念就联系。今天再大的事，到了明天就是小事；今年再大的事，到了明年就是故事。我们最多也就是个有故事的人，所以，人生就像蒲公英，看似自由，却身不由己。 有些事，不是不在意，而是在意了又能怎样。人生没有如果，只有后果和结果。

或许多年之后，当我终于不再揣度你的生活，不再幻想你我之间是否还有其他的可能性，当你再也不是我的理想和琐碎，唯一能做的就是让自己尽量不说后悔。

那天翻微博的时候，忽然看到这样一段话：所有大张旗鼓的离开其实都是试探，真正的离开是没有告别的。扯着嗓门嚷着要走的人，都是最后自己把摔了一地的玻璃碎片，闷头弯腰一片片拾了起来。而真正想离开的人，只是选了一个风和日丽的下午，裹了件最常穿的大衣，出了门，然后就再也没有回来过。

有时候忍不住会想，如果每一段关系有个进度条该有多好，那样就会知道在什么时候告别，可以早早哭完，可以做好你要离开的准备，不至于手足无措。可是没有过。从来没有，离开就是一瞬间就完成的事情，好像这个电影，剧情才进展到一半，就突然完结了。最后我一个人关心结局，只有我一个人还在想，是不是应该还有什么续集。

最单纯的喜欢就是，就算你拒绝了我，我对你也永远没有埋怨。但我不会再靠近了。如果你有求于我，我依然会尽心竭力。从今往后我会把喜欢藏起来，不再招摇过市了；我会努力过得好，希望你也是。

多少苦痛挣扎都会是过眼云烟，总有一天那些为爱苦痛的往事你都会笑着说出来。人哪，总是要昂首往前走的不是吗？

别离让人成长。不管我们对过去有多么恋恋不舍，但也只能擦干眼泪，一边回头，一边往前走。

在男生的世界里，你爱我就不会走；在女生的世界里，你爱我就会来找我。所以，最后你没有挽留，我也没有回头。一瞬擦肩，一辈子没见。

失去你的那段时光，那些悲痛欲绝的日子，终究还是扛过来了。时间不是解药，但解药都藏在时间里。

记得之前看过这样一段话：如果每个人都是一颗小星球，你就是身边的暗物质。我愿能再见你，我知我再也见不到你。但你的引力仍在。我感激我们的光锥曾彼此重叠，而你永远改变了我的星轨。纵使再不能相见，你仍是我所在的星系未曾分崩离析的原因，是我宇宙之网的永恒组成。

那些中途离开的人，有的是搭错了车，有的是中途换乘，有的是到了终点。无论怎样，都感谢他们曾经陪伴过我们一段旅程。虽然最终我们分头走。

你值得被这个世界
更好的对待

人间如此荒唐，
心疼你的倔强

1 / 12

亲爱的，你知道吗？你要的爱情，说真的，

也许一辈子也无法拥有，

那种像童话一般、没有杂质、爱只是因为纯粹的爱，

那样的爱情就像鬼，听说过没见过。

你还是那么坚持吗？

为什么你总是信守爱情的理想，你知道这个人间的破碎；为什么你看起来那么温柔，却在提到那个关于爱的字眼时，在心里无论如何也不让步。

你对这个世界所做的让步，都是一时的委屈。

你从来没有改变过，初心易得，初心难守，你明白的，你为什么总是这样傻，去变一变吧，去过一种不倔强的日子。

你就像一个孩子望着天空，说天上的星星都是我的呀。我路过你，过了很多年再回到你那里，你还是望着天空，直至满头银发，直至皱纹爬上你的脸庞。

你不愿破坏初心，就像一个温柔的信徒，慢慢前行，粉身碎骨。如果私心一点，**最好的你都来自一点点外力的影响。**我希望你今生无伤无痛无失望，但有一点冷眼，有一点轻蔑，有一点不认可才能激发你的无限潜能。

无论如何，勇敢是最难的，我希望你追求你所追求的，不为旁人所动；我希望你不要那么容易被影响，这一点实在让人矛盾，一方面愿你听进去良言，一方面你总是过于听进去良言，加上一点点自卑的发酵，就改变了你的路径。你总是不可能不在乎周围人的眼光，你总是太期望达到别人的标准而忍辱负重。

你永远不要忘记勇敢，青春一闪即逝，别人是别人，你是你，你只能做一回自己，让别人失望并不可耻。你永远是你，不要为了别人而丢了自己。

你还敢去看看那个更大的世界吗？你还有能力触碰更高的人生成就吗？你还能义无反顾地忠于自己的内心吗？

只是我所了解的你

自尊心太强，加上倔强的孩子气。

只年轻的时候如此吗？

不，一生都如此。

长不大，是想长，但长不起来，是一种事实。不想长大，是能长却不想长，是一种对抗。他们超越上述两者。

他们更多的是无论何时何地，无论人生置于何种境遇，我也要活得像"最初"那样——我要我的心，历经沧桑，但永远纯真；我要我的心，饱受苦难，但永远阳光；我要这天地，无论如何卑鄙，也无法伤我的赤诚半毫。

他们正是那个彻头彻尾的理想主义，是那个以梦为马的骑士，是含苞待放的贞德，是烈火里的鸟，痛苦越深，展翅飞得越高。

只是如果他们不被自卑心困住，不被世俗的评判限制，不被别人的期许拖累，他们可以飞得更远、更高。

要给1/12的人绽放的机会，因为他们如此渴望在这俗不可耐的世界获得清澈见底的成功。虽不屑去争，但只想证明自己的燃烧，无所畏惧地燃烧。1/12人的生命恰似一朵天真的蓝莲花，愿你一生都如天使在人间。

他们以为的简单，和你不一样

他们常常会在恋爱的一开始就完全地投入，他们期待感情的表达也要快速而简洁，最好是明确的"要"还是"不要"。当他们对人有了爱慕之心，不会去思考合适不合适，"要赢"的心理会大过一切。

他们天生带着爱情童话的思维，对爱情有很高的期待，要求纯洁、唯一与天真。他们性子急，渴望浪漫、爆发式的惊喜，不希望自己的爱情落入俗套。他们太容易厌倦，所以你也不要太顺从着他，你要有自己的生活和兴趣，做你自己，这样他们才会保持对你的好奇。

他们讨厌旧事重提，讨厌对方在争吵中翻旧账，在他们眼里，过去的事情就过去了，拖泥带水、举棋不定的试探，是他们直来直往的性格无法忍受的。

他们心里最大的矛盾就是渴望征服对方，又期待被对方征服，所以请不要唠唠叨叨、邋邋遢遢、哭哭啼啼，他们自己是一个粗线条，无法像你期待的那样细心照顾人。你需要做的就是努力提升个人实力。他们爱你，自然会找你，如果不爱你，你也不要悲伤，因为他们致命的缺点就是不够懂得珍惜。

你以为他们都是自信的、骄傲的，但他们怯生、脆弱的一面，你又有多少关注？你又是否知道那些偶尔的任性和无理取闹，其实都是为了得到关注。

绝大多数的他们都很好强，坚持要在对方的心目中保持重要的地位。**爱与不爱，你别问别人，找个春暖花开的日子，直接问他们吧。**永远不要期待，他们的成熟世故童心一世不改。

他们内心有着一个被放大的自我，这个自我里住着一个天真的孩子，孩子都会认为自己就是世界的中心，所以他们会有一点自私，但他们对朋友都不具心机，讲义气，不过由于想法和说话速度一样快，有时也较少在意别人的感受。

他们是崇尚忠诚的人，需要别人的喜欢和尊重，没人照顾的时候他们很坚强，一旦有人在身边，喜欢黏着对方。他们对烦琐的事情没耐心，容易放弃，但只要做了，即使不喜欢也会尽力完成，抗压能力非常强。

他们喜欢生活有些变化，讨厌被人限制。他们崇尚力量，欣赏强者，在恋爱中他们自身往往有很强的能力，非常独立，同时也希望被这样的人吸引。如果在一段关系中他们不是主导地位，那么对方一定有让他们感到钦佩甚至崇拜的地方。

他们是天生的叛逆者，喜欢向权威挑战，有时越是他人反对的事情，他们越可能会去做。他们会存钱，是最好的搭配师，好玩伴，也是一个发自内心拥有纯洁品质的人。

尽管忧伤的时候，他们把世界想得很灰，但无论年纪多大，经历过多少挫折，他的个性中永远带有初生牛犊的倔强和单纯。

他们是小小的太阳，心里装着大太阳，暖了别人也暖了自己。人间如此荒唐，心疼你的倔强，来生去做飞鸟，天地任你翱翔。

🐚 男生表面"佛系"，心中"修罗系"

1/12 的男生不喜欢算计，走一天算一天，不承认自己的毛病，也从来没错误，无论如何，错的都是世界，不是他。他们的思维是属于单线条的，好处是没坏心眼，坏处是不考虑他人的感受。跟他们说话不要绕弯，让他知道他哪里错了，他会和你解释，也会在以后注意，因为他们真的猜不到你为什么生气，反倒很有理由质问你为什么不说话。所以千万不要忍，越忍他越会觉得理所当然。

他们阳光闪耀，真诚聪明，不会让你感到压抑，自尊心和叛逆心都超强的他们最反感别人的强迫，越强迫越反着来。**他们不太懂得经营爱情，认为爱了就是爱了。他们总体是一群不那么害怕失去的人。**

外人或许会觉得他们很高冷，实际上最亲近的人才知道他们有多幼稚。生活中的琐事、小矛盾都是他们叨叨的话题。跟他们聊天基本都得围着他转，最好不仅能听他诉苦，还能帮他解决不如意。你要是想认真跟他们说什么，基本状态就是听到了，内心有什么想法忽略掉，嘻嘻哈哈就过去了。但其实他们是心事最多的，天性充满着极高的胜负欲，一般他们联系你的时候，你就要很热情；他不联系你的时候，你就是再想他也不要联系。

他们很容易赌气说分手，但内心其实蛮善良的，他们喜欢故意气自己喜欢的人，开些恶趣味的玩笑。喜欢上一个人以后，不追到手决不罢休，**爱前好自信，爱后好自卑**。但他们的内心很难走进，前期需要女生付出很多，他们对人挑剔，孩子气，他们的责任感不是天生的，需要你的要求和培养。不要太黏着他，要有你的霸气，一言不合就开训。他们特别佩服厉害的人物。

他们的爱坦荡，诚意，一点就燃，一爱就完。他们就像英雄救美的主人公，公主虽然死去了，但屠龙的少年依然还在燃烧。

🐚 女生"佛系"，不作，不矫情，不强求

1/12 的女生内心太过耿直、善良，这会让她们常常吃些暗亏，她们也总是比其他女孩活得辛苦一些。她们个性强大，喜欢竭力维护自己的看法和见解，充满争辩精神，面对困难挫折，敢于迎接挑战。表面看上去她们积极热情，但其实她们有点内向、沉默，渴望与人亲近，又讨厌有人走近。

她们不喜欢另类和非主流的东西，非常恋旧，天生渴望生命不同的体验，周游世界是她们心里的梦。有时候因为太过倔强，有点粗心大意，做事三分钟热度，也不善于接受别人的建议，容易陷入一意孤行的孤独中。她们不肯轻易认输，敢于坚持心中的理想，时时都想争第一却害怕失败。

以前我总想着过的跟别人不一样才是幸福生活，但当我慢慢长大才发现大多数都会选择的生活才是幸福的。

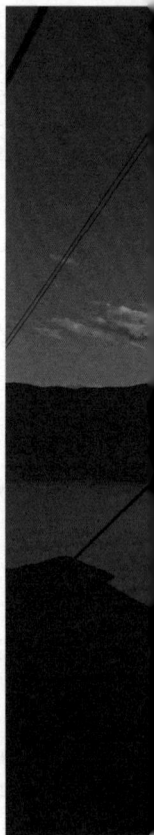

她们基本上都是英雄主义，希望自己的另一半也要有大男人的样子，她们会倾心一个令人佩服的、引以为傲的、满腔理想热血的男人。活得锐利的她们，充满童话般的爱情梦想，但她们不喜欢处于被男性追求的地位。也许柴米油盐对她们来说没有那么强的兴趣，但好强的她们，决不允许自己成为一个失败的妻子。

暗恋成瘾是她们的通病，如果用四个字来形容她们，就是简单、悲伤。简单是因为不喜欢被物质、人际关系拖累，她们悲伤，因为她们悟性太好，容易看透红尘。**最难过的也是这一点，有时候，她们做了别人的小太阳，却没有人能温暖她。**

我想和你好好的

他们喜欢驾驭周围的一切，喜欢高谈阔论的感觉，这是因为他们喜欢分享感受，如果你对他说的并不感冒，不要直接告诉他你没有兴趣，那样只会让他们瞬间感到失落。

他们自主性非常强，如果你看不惯他的行事作风，对他们指手画脚，他们心中会非常反感，从而显示出暴躁抵触的一面。他们也非常讨厌说话说到一半，故作神秘，因为他们真的不喜欢猜你心里到底在想什么。

他们习惯将不满直接说出来，所以当和他们有误会时摊开说清楚，事后再也不用翻旧账。而冷战这种事只会逼疯他们，所以有什么话当面说。即使是对他们的不满，只要你用直接的方式告诉他们就好。

他们的情绪"来得快去得也快"，所以不要长时间沉浸在自己的小情绪里，他们没有耐性一直哄你。他们好面子，所以当着外人的面别冒犯他们的尊严和自信。

他们讨厌临时变卦打破他们的安排，也极其讨厌别人装。你越是苦瓜脸，要求他们这个要求他们那个，越是失去主动权。

他们喜欢三观正的人，和他们交往的人都必须具有一种正义感，你的美德是吸引他们注意的最佳方式。

理想之于我们

☆ 我曾经也是那个被人劝的对象：茂源，别自不量力，别相信自己有改变环境的本事。有一天，类似的话我也说给旁人听，觉得是为了人好，让他们规避弯路少受辛苦，但转念一想：这世界正是那些带着改变环境的激情的人们改变的，我不该劝！愿世上所有年轻的灵魂，愿你们勇往直前，遍体鳞伤也要无怨无悔！

☆ 如果这样往前走，碰到了南墙，是不是就往回走？撞不破就架把梯子翻过去继续走！太高了翻不过去就沿着墙边绕过去继续走！太远了绕不过去就挖个洞爬过去继续走！力气用光了还是过不去，就呼朋唤友推倒这面墙！无论如何，就是要往前走，即使墙的那边什么也没有。

☆ 后来，我拒绝看一些书、听一些歌，拒绝回忆当时的月亮，它们无非关乎两件事：人生永不能实现的梦想和人生永无法避免的遗憾。人类只会因为绝望而坚强，从来不会因为希望。

☆ 我的心里一直有股难以消逝的远行的心潮，我想终有一天，我会离开熟悉的地方，踏足陌生的土地，以泪洗面般地看着我所向往的蓝天白云，行囊里虽没有值得挥霍的财物，却充满与归宿相逢的激动。我不后悔离开有益于我凡身的尘网，只后悔终此一生，未能选择朝我心仪的远方，迈出一步或痴或愚的勇敢。

☆ 我们需要克服的并不是拖延，是一种无意义感，我们常常在行为发生前用对结果的预见，去否定自己的行动。就像一根蜡烛会烧光，我们就不想点燃它，到了特别想点燃它的时候，又会问自己，点燃它有什么意义？于是找不到燃烧的动机，于是我们又放下举起的手……有的时候，什么事都不能想太多，要做马上去做，一旦想太多，人就会慢慢退缩。

☆ 在你的身体里，本来该开出一株桃花，但种子被人占去了，那你就有什么开什么，努力开一株玉兰，或者开出玫瑰。你总要凭借"做那事"来弥补不能"做这事"的缺憾和时间，甚至"做那事"变成和"做这事"的赛跑。当你不能所为，便所为你能为。人不能停下，也不能认输，人要适度通过比较，来突破自己的惰性。

☆ 那永不向现实屈服，倔强的理想主义。无论我们处在人生的任何阶段，都尽量特立独行在庸俗的洪流中不被淹没，保持着天真任性，面对生命的坦荡和勇敢的激情。♈

贴心时刻

属于 1/12 的你，我想给你一个建议。我知道，你们不喜欢建议，因为你们不想别人来干涉你的生活，不喜欢别人对你指手画脚；也因为，你们时而自卑时而自信的心，太容易把别人的建议听进去。我知道，你们希望活出真实的自己，可你们又害怕那个真实的自己。很多人觉得你们特别直肠子，但我知道，你们其实特别的矛盾。

我无意干涉你们的人生，但我的职业、我的专长以及我对你们 1/12 人群的情感使我开口。我只是希望你们能更好，直到美好。你知道吗，这种动机就像一个人即将为人父母时会幻想将来的孩子做什么，为他规划，为他筹谋一样，我希望我心中的你们，都能迎来无憾的岁月。纵然此愿难遂，但我仍然要许；纵然我不属于 1/12 的你们，但作为一个最懂你们的人，我也要给出一个最期盼的答案。

希望你们能勇敢一点。你们太容易相信，太容易把别人当回事儿，太容易为了迁就别人的想法改变自己的决定。其实有时候，我宁愿你们独断一点，不必听那些所谓的建议——父母之言和密友奉劝，你们知道自己要什么，只是在众人的口舌里，过度在乎，牵绊住了自己，有时想两边都好，结果多方协调，把自己弄得筋疲力尽。

我希望你们更勇敢一点，从怀旧的氛围里向前看，过去的感情，过去的情怀，过去的一切都烟消云散，只有当下是真实的。这么多年，见过无数的 1/12，才知道一往无前的他们，其实最喜欢沉湎。往日时光固然美好，但已经远去，要努力承担当下的负重，不要去避开不能避开的东西。你们要向前，永远向前，可以依赖，但更要坚强。

希望你们更勇敢一点，因为，你不是不勇敢，而是太善良，善良让你不忍伤害周围的人；善良，让你在坚持自我和让别人开心之间纠结。你是负疚感很强的人，稍微一点点事，都要把它当作自己的失责，你给自己灵魂加的压力太多了，所以才想要你勇敢，这个勇敢只是一个代名词，我是希望你不为他人的意志所绊，不要否定自己的苦心和过度自责那些难免的小错。我希望你勇敢地挣脱一成不变的舒适区给自己挑战，即使这个决定将会让一些人不舒服，你也应该去尝试。

关于别人，你不必太痛苦，所有人都会死；陪你到最后的，只有你自己。

别亏待他，别辜负他，别失去他。

你永远不会知道，我有多么喜欢你，
因为有你，等待也变得温暖。
你也永远不会知道，我有多么悲伤，
在你心中，我没有名字。

偏偏用情最深的人
遇到了最深的无奈

亲爱的，你知道吗？

你是那个只要爱人回来找你，

就算在坟墓里，也会站起来跟他走的人。

你需要一个能帮助自己放松，让自己知道自己还存在另一面的人。你对爱情首先考虑的是两个人的结合是否对双方都有利，你喜欢根据对方的家境以及工作能力作为选择的主要条件。

你的爱很体贴，会疼人，特别的温柔。你有主见，却不锋芒毕露，很懂事。你虽然矜持，绝不是不解风情。你渴望缠绵的爱情，倾向用礼物来表达情感。你的情话可能是对方听过的最好的情话之一。

你缺乏安全感，但喜欢积极向上的人；**你的浪漫有时虽然有点拙，却是真诚的。你相信戒指的意义。**你一旦认定，愿为对方做任何事。而你一旦感情受到伤害，疗伤期也非常长。因为执拗的你对于痛苦的记忆很难忘怀。你像只鸵鸟一样把这些记忆关进心里，一旦触景生情，又会被立刻撕破伤口，再次陷入过去的回忆。无论时间过去多少年，也是如此。

你就是如此的痴情，也如此的绝情。你一般不会撕破脸，一旦撕破，就撕得特别碎，但也是失去以后，才忽然发现自己原来很爱对方。

你看似保守、稳定，其实非常具有幽默感，天生有搞笑才能。你对很多事不计较，心胸宽大，却有着叛逆的灵魂，内心住着一个小恶魔。不要把自己想象得太沉闷，你的内在五彩斑斓，会时常制造出各种人生的小乐趣。

你通常脾气很好，因为有很强的情绪压抑能力，出了名地孝顺，固执且一根筋，很难改变自己的观念。你尊重传统，又是放得开的非保守派。骨子里的倔强注定你不怕任何人的威胁，有时容易对事情产生偏激和狭隘的看法。

你并不是拜金，只是享受金钱带来的安全感，所以较为现实。工作上不懂变通，对细节多计较，有时会遭到朋友同事的误解。你家庭观念强，崇尚安居乐业的生活，爱孩子，对孩子非常用心，并且对自己的孩子寄予厚望。你十分善于安排自己的物质和家庭生活。

以守财出名的你，对自己重视的人非常大方，标准省小钱、花大钱型的人，很爱买买买，也爱收集，属于爱上了千金散尽也无悔。而他们一旦绝情，也会是像结冰一样绝情，毫无保留地离去。

最放不下"情"这个字的也是你，你最记得别人的好，即使已经成为陌路、天各一方，但你还是不容易忘掉故人。

只是我所了解的你

据我所知，

爱和深夜，

是他们的两大软肋。

他们习惯站在客观的角度去要求别人，但就是这样的他们，却很难忘记一个人，放下一段感情，释怀心中的不甘。

他们会做很多事，也许功成名就，也许海阔天空。但是过去这么多年，当他们说起某个人，还是会带着情绪，那些旧伤痕仍然会隐隐作痛。分手以后不能做朋友，我想说的就是他们这类人。

他们可以用整个灵魂欣赏你，用世界上最美好的言语赞美你。如此自主能力暴强的一个人，居然可以表现出对你的依赖和黏人。他们比你想象中的更风情万种，也比你想象中的更加固执。固执到化成白骨，也可以定格在一个他们以为的姿态上而死。

深夜的他们总是想很多。他们会用很多生活的琐碎，试图埋藏心中的躁动和不安。明明想得太多，又不愿承认孤独，无可释怀的爱情对他们来说是生命最大的痛。

他们如果爱过你，永远不会忘记你，即使后来爱上其他人，但最初的感情绵延至终，刻骨铭心。如果你是他们的初恋，是他们最初的那份爱，是一份认真，至少从精神上，你们已经赢了。人的存在是以最终被人所记忆而决定其意义的。**你被他们爱过，就会被永记。**

他们不懂得惩罚别人，只懂得惩罚自己

他们就是那个只要爱人回来，就算在坟墓里也会站起来跟着走的人。他们的心里维系着责任，却有着最细腻温婉的私情。他们也想与爱共度余生，也想从一而终，不改初心，但偏偏用情最深的人遇到了最深的无奈。

他们是那个即使穷困潦倒，也要锦衣玉食的人，他们的本质属于风，是自由浪子，是不计较人生鸡毛蒜皮的逍遥游。

他们也有一种苛求完美，被周围人厌烦的孤独。他们也有一种向往新奇，在外人偏见里慢慢压抑进心底的孤独。他们也有一颗五彩斑斓的灵魂，在周围人的有色眼镜中慢慢活成四平八稳的孤独。没有多少人知道，四下无人的深夜，他们如何跟无数的思绪拥抱取暖。

他们是独立的，上进的，幽默感十足的。他们几乎骗过了所有人，让别人以为早熟的他们心里没有忧伤，可谁又知道呢？他们很少表达需要温暖，因此有一天已经忘记了自己也需要温暖。他们是单纯得会被一句话感动落泪的人，也是可以咬牙走到最后的人。

爱有多深，恨有多浓，不要背叛他们，那会导致他们全军覆没。他

们将终生抓住那份伤害，反反复复折磨自己。他们不懂惩罚其他人，只懂得不断地惩罚自己。

散尽千金只为一个人，荣华富贵博一笑，他们追求一个人，追得那么阔绰，惊天动地。他们并不轻薄，心里有孝道，会反哺，能为了老人和子女豁出自己的性命。**世上太多的人不了解真实的他们，其实每一个暖场的他们，心里都有敏感的寂寞。**

你可以想象那个陪你看漫天烟花的人就是他们。烟花消失了，他们也消失了，但他们还会站在黑暗的夜里，深刻地怀念。他们的身体在前行，但他们的心永远定格在了这个画面，每次望见烟花就会想起爱人，每次置身黑夜就会感到一丝暖意。他们的笑是孤独的糖衣，洒脱的影子里藏着脆弱，那一张平和的面具下面，也曾有一张流泪的脸。

不喜欢变化的"大暖男"，自控能力一流

2/12 的男生得体，懂规矩，喜怒不形于色，你不主动，他们也不会主动，而你过于主动，他们又会觉得你浮躁。当你活泼善聊，跟别的男生接触太多时，他们会把你直接划进黑名单。他们就是嫉妒心和占有欲都很强烈，表面稳重内心着实不淡定，很需要安全感。

他们看人既重内在又重外在，不看脸也绝对看身材，总之对美的追求很高，要么你非常有实力，要么你非常纯真。只要他们觉得你足

够有价值，就愿意在你身上投资，死心塌地。

他们长情，但戒备心也重，比任何人想得都多，但嘴会甜，会突然说很多动人的情话。如果爱人不经意间提到喜欢什么，他们迫不及待就想给你买，他们喜欢的东西也想一股脑全给你。他们大方，不抠门，对喜欢的人永远是要啥就满足啥，所以看他们愿不愿意花钱，是喜不喜欢一个人最重要的一个指标。

他们单独和你在一起时非常好，但一旦进入有外人的空间，他们就像变了一个人，傲娇的气质马上表现出来。他们在认定一段感情之前，会考虑很多现实问题。他们的自控能力一流，没想清楚之前一般不会迈出下一步。他们不喜欢过多的变化，不管是人还是环境，能够给他们安定感是最重要的。他们的生活观一向比较积极，对生活质量很有要求，非常介意另一半的交友情况，特指男性，平时细枝末节地关心你，是个大暖男。

他们可以坚持喜欢一个人很久，即使其间已经和别人在一起，他们最喜欢的还是只有一个。每一个夜晚对于他们来说都是困难的。他们最念旧，也最不容易走出一段深刻的爱情，平时超搞笑的一个人，却会经常陷入自卑，在回忆里难以自拔。他们的脆弱藏得太深，面具戴得太紧，总是一个人扛起所有的孤独和挫折向前走。无论怎样都不绝望，细水长流，有刺也有光。

🐦 她们自己没有安全感，却会让你拥有安全感

2/12 的女生不可能会是一个骄纵的大小姐，也不会哭哭啼啼的情绪化。她们温和、实际，做起事来踏实努力，有时候她们说话很直，有时候她们又文静礼貌，特别淑女。

她们非常重视美感，品位很高，挑剔程度不亚于任何人。她们喜欢并善于享受生活，注重品质，经济上倾向自理，特别看重买东西物超所值。她们喜欢绿植，喜欢小动物，喜欢收集，喜欢消费，凡事有主见，对她们指手画脚也没有用，她们只相信自己做的决定。

另外，不要忽视她们叛逆的一面，她们有时也会不按理出牌，难以把握。她们对爱情的占有欲很强，对友情也一样；她们骨子里很喜欢影响自己的爱人，希望爱人能越来越跟自己合拍，被自己改变。当她们被焦虑困扰，会一直唠唠叨叨，即使是你提供的意见也不理睬，其实她们只是想说一说，抱怨一下而已。

她们爱美食，喜欢吃好吃的，喜欢稍带强势、有幽默感、有点小叛逆的男性。她们对另一半有经济条件上的要求，但她们并不拜金。她们可以跟你吃苦，辅助你的事业蒸蒸日上，但她们特别不喜欢自己的爱人对未来无规划。虽然她们缺少浪漫的心思，但绝对属于过日子的理想型。她们会在你危难的时候站出来，胜过所有的小鸟依人，甜言蜜语。

她们属于自己没有安全感，但是会让对方感觉超有安全感那种人。她们是你在一起的时间越长，越不愿离开的人。

我想和你好好的

他们给人感觉很温和，但骨子里终究是倔劲十足，所以和他们讨论事情最好以理服人，态度不要太强硬，一旦激起牛脾气，很难再让他们改变主意。他们喜欢惬意的生活，不喜欢在相处中有太多压力，不必要的麻烦只会让他们躲着你。

无论他们表现出多么的时尚叛逆，在与人相处中都非常注重自己的言行和风度，他们看不起做事没有行为标准，没有风度的人。他们率真、负责、不浮夸，但要论起说谎能力，轻松挤入前三名。

他们虽然不太爱表现，但内心大多挺自恋的，非常渴望得到他人的肯定。喋喋不休、唠里唠叨，是他们内心非常抵触的事情。他们不喜欢太过紧迫，无论说话、做事都是如此，讨厌夸夸其谈，光说不做的人。家庭和孩子是他们生活的中心，也是他们欢乐和自豪的资本，所以要善待他们看重的这件事。

他们经常被嫉妒心折磨，所以不要在感情上反复考验他们的心，**一旦他们确信得到了爱人的真诚，会成为一个最负责、最忠心的伴侣。**

说他们爱财，但不是鸡毛蒜皮的小钱，真正在意的是大钱。正因为他们不太计较小钱，所以容易在小事上被人占便宜，一次两次他们不会放在心上，但他们自己也会算得很清楚，如果你凡事占得太过，以后就不可能再从他们那儿得到任何好处。

深情之于我们

☆ 我不信安慰，不信酒后真言，不信一时激情的许诺；不信别人所谓的感同身受，也不信任何情况下的发誓赌咒；我不信无凭之约，不信伶牙俐齿，凡出自人口，我一概不信。这世间值得赌上期待的，没有言语，我只信行动。少说，多做，多表示。

☆ 当你决心和一个人一刀两断时，什么也不能回转你。牛不能，马不能，火车不能，飞机不能，财宝不能，连上帝也不能。

☆ 在我的生命里，可以以其中的一部分甚至大部分，甚至全部，为了你而活，为了你的喜怒哀乐而作为，而改变自己。但我并不是谁的，我是我自己的，我的心灵和身体都只属于我自己：我为你，是一种选择；我乃我自己，则是真理，从今时，到永远。

☆ 我们曾无数次凝望自己的爱人，凝望她的专注用心和可爱容貌。即使有天青春不再，那一刻我们也万幸她就在眼前，死而无憾般地珍惜。我们在很多深情时刻都许诺不要伤害，然而伤害无可避免，伤害以后怎么办，或许才是生活最可贵也最见人心的部分。

☆ 有的人天生喜欢某类人，你可能不属于那一类，但正如出身优越与后天奋斗站在了同一高度，实际上我们周围发生的，大多都是"坚持者终成眷属"的故事，你不要太快放弃。

☆ 有时候想到一些事，会突然心一揪，很难过，只能停下手上所有正在进行的事。好像那难过是你走到铁轨前降下的栏杆，告诉你不能再往前走了；好像那难过是呼啸而去的列车，那么快，那么猛，连呼吸都头痛。只有当它过去后，才能继续如常地生活。

☆ 叶子抵挡不了的，沙粒也抵挡不了；繁花抵挡不了的，烛火也抵挡不了；你难过受伤的，我亦难过受伤。

☆ 与你相处一场，最不希望的是，某年某月某天你才知道，与他人相比，曾经我待你不薄。♉

贴心时刻

2/12，你们是"转移的大师"，无论遭遇什么磨难，都能很好地调整疏导，让人看不到你们的伤痕和破绽。这是你们为自尊心穿的盛装，这份优雅和风度，旁人不能及，只能敬而远之；这也是为什么，你们的成熟，会让人以为你们不需要帮助。

总是强大示人的你们，其实逞强的面具戴得太久，已经和脸融为一体，谁又知道，你们的心门从来没有上锁，只是少了一个人，勇敢地推门而入；只是少了一个人，看穿你们的焦虑，其实只是缓解孤单的方式。

孤单，是你们的宿命，一个人太会安排自己，太会照顾自己，太会控制周遭，却也让自己陷入深深的孤单。孤单使你们建立起来的那个无坚不摧、潇洒乐观的影子太真实，忘记了黑暗里的真身，也饱受寂寞的苦。

寂寞，是你们的宿命，天下之大，却无人可讲话；人间之广，却无人可交心。明明你们这么努力，这么努力地向上，努力地讨好，努力地深情，努力地获得赞许，为什么，你们的努力，总是不能让最惦念的人留在身边，住在心里？为什么总是有那么多误解，那么多争执，那么多无言以对？

也许，只有当你们放下控制每一件事的执着，才能迎来真正的解脱。不是让别人喘口气，而是让自己喘一口；不是回报他们，而是为了善待自己。2/12，你总是做了太多，都在心里；付出够深，不求一诺。你就这样静静地等待，静静地崩溃。也许，你该先把心事倒出来，让另一颗强大的心给你抚慰；先卸下蒙在眼前的固执，才能接受阳光照耀的温暖。

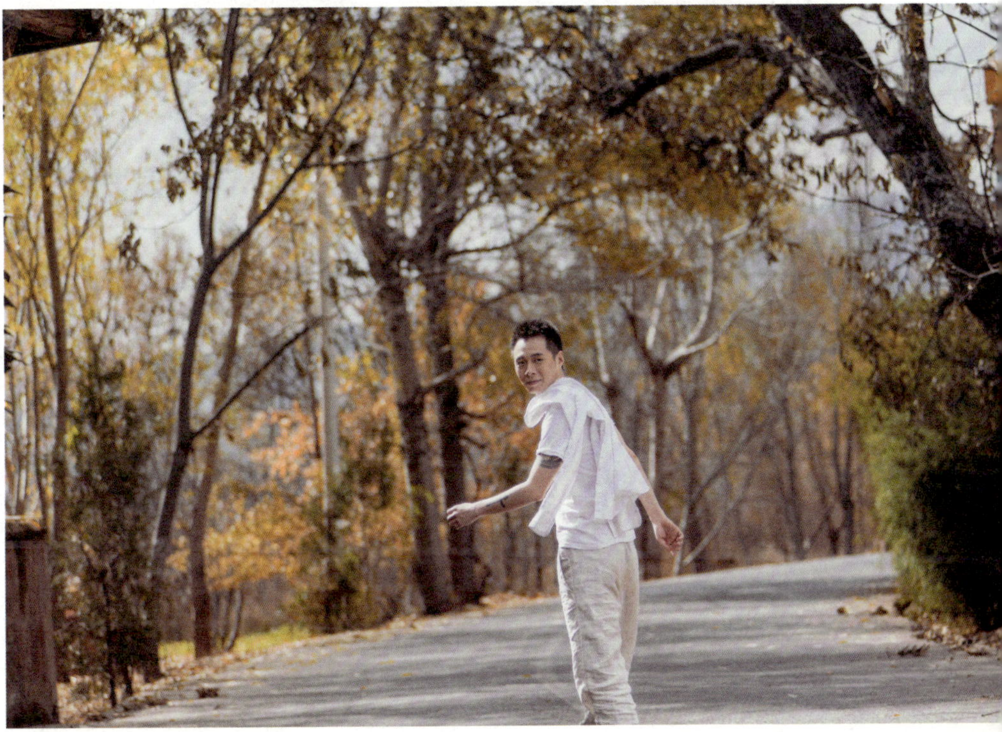

理性的表面下掩藏着
无可救药的孤独感

亲爱的，你知道吗？

你太聪明。爱过，明白过，

不会重蹈覆辙。

你将专注在未来上。

只会笑着让悲伤的泪水流满整个宇宙。

你热衷于人际交往，也习惯对每个人友好，有时也会因为没把握好人际交往的尺度，所以容易被误解成暧昧。你讨厌一成不变的生活，就算不能经常有新鲜点子，也要表现出活力，要与他人分享生活乐趣。你的爱情充满着理想化，一旦找到心仪的人，可以完全不顾他人意见勇往直前。

在爱情中，你喜欢有挑战的伴侣，倾向成熟型，如果是太温顺的人，不能引起你们的注意。你喜欢有人管着，但也不能过于严肃，胡萝卜加大棒，让你们服气。你有上进心，要求别人，他们不会嫌烦。你是小邪恶加大善良，一面掏心掏肺，一面防卫重重，有一点小矫情。

你说爱一个人是迷恋爱的感觉，你最爱的还是自己。你对喜欢的东西很珍惜，愿意照顾人，跟你恋爱，爱与恨都会加倍。这对于人生也是一种难得的体验。如果你一旦选择分开，即使对方想凭一切努力挽回，概率也是零。你爱人时会竭尽全力，但分手了自我修复能力也很强，绝起来非常绝。

曾经的一辈子是你说的，心被另外一个人占据也是你说的，你的爱显得诗意而疯狂，说你们不靠谱，也许那只是说明他不是你最爱的。你就是这样，爱是真的，不爱也是真的。

你才华横溢，拥有自由的思想和英明的决断力，是博学家，不管在什么场合，都可以侃侃而谈。你不喜欢在一处久留，厌倦单调和枯燥的环境，也不会义无反顾地投入到某件事中。虽然你精力旺盛，工作认真，但有反复无常和不太负责的一面。你能够大胆开拓，却不善于收拾残局，对朋友讲情意，对事业野心勃勃。

察言观色是你的看家本领。你爱名，又不愿浪得虚名，喜欢自己成为别人心目中的实力派。你有亲和力，虽然爱玩，但是对家的认识很清楚，非常维护自己的家人和家庭。

你自信的同时又没有安全感，这是特有的矛盾。你喜欢把自己重重包围，不让自己的真心暴露。这表面上很有活力，很快乐，但没人时，你就会被莫名的悲伤笼罩，但你不会让别人发现，习惯硬挺着一切。你很少跟别人吵架，之所以留下一个花心的名号，是因为很少有人能够让童心未泯的你动真情。你表面上很理性，但孤独感是无药可医的。

亲爱的，你知道吗？你是那个**只要爱人回来找你，**
就算在坟墓里，**也会站起来跟他走**的人。

也许我不是在等待他爱我，
而是在等待**我不再等待他**的那一天。

只是我所了解的你

据我所知，

爱而不得，我走我的路，

是他们最后的归宿。

有的人遇见爱变成疯子，有的人变成傻子，有的人激活了他们诗人和艺术家的天性，而他们就是这类人。他们爱你，就不管约定俗成的事，就要你成为他的异性朋友。

无论你爱与不爱，他们就要成为你的人，就要把身心献给你，就要不管不顾地孩子气。每天他们因为想你，所以活着，每天活着，所以想你。爱就是他们的空气。大多人以为他们只是精明、圆滑，但却忽略了他们也会为爱判断全失，一无所顾。

爱成就他们人生灵性的最巅峰，是他们灵魂旷野里最亮的宝石。爱生我生，爱死我死。只是他们太聪明。爱过，明白过，有些路就不会重蹈覆辙，他们将专注在自己的未来上。**他们的世界永远不会崩溃，只会笑着让悲伤的泪水流满整个宇宙。**

你想从他们的谈笑里看到天真和伤痕的影子，不过他们习惯用笑裹着，用乐观藏着，不会轻易被发现。爱人曾是他们心口最闪耀的勋章，但爱过他们就会启程，去走一段不悔的旅途。这非他们莫属。

他们每天回应着别人一万句热情，留给自己的却只有一句话也不想说的孤独。你以为他们傻吗？他们从来不傻，只是懂得进退有时，能屈能伸。**高质量的情绪管理能力，是他们典型的特点。**他们为了爱卑微也罢，低头也罢，妥协也罢，原则和底线一层一层都被征服也罢，只因是爱，他们心甘情愿。

然而你不会知道，他们有多骄傲，所以如果他们回头找你，三番五次恳求你的回应，那他们该尽了多大努力才能做到。他们心高气傲，能为一个人做到这种程度，需要怎样的打击摧毁自尊心才能做到？

他们聪明，懂得权衡付出，懂得计算代价，但一旦爱了，值不值得这件事都抛之脑后。他们只要给你最好的自己，最阳光体面的自己，想要把自己所有的优秀和闪光给你看。他们的热情和各种奇妙的爱的小想法，源源不断，忠心耿耿。陷入爱情的他们，真的是傻，可以用一种心如止水的从容等你、盼望你，不断地献殷勤，不断地讨好你，恨不得扒开自己的心脏，让你明白他们的心。他们就是这样傻。爱了，就是傻瓜，地狱都不怕。

但是他们又太想在外人面前表现出一副乐观、开心的样子。他们不希望去传递负能量，然而报喜不报忧，心事藏心底的他们，一个人扛起了多少委屈，只有他们自己知道，像歌里唱的那样：**你不是真正的快乐，你的笑只是你穿的保护色。**

◎ 能说能玩，有时大叔有时小孩

3/12 的男生表面嘴皮子功夫特别溜，但其实内心很傲娇，不是志同道合的人根本进不了他们的心，所以你常会看到他们在众人面前嘻嘻哈哈，其实他人离开后，更喜欢一个人待着。他们对很多事难定心，人际关系也是一副大不了不玩了的潇洒做派，他们有很强的事业心，也很难被满足。

他们很能玩，自己有困难自己扛，犯了什么错也一定不会承认。他们善于一面说谎，一面对你晓以大义，甜言蜜语，天衣无缝，不过他们说完就忘了。跟他们的相处方式要像好朋友一样。他们会给对方自由的空间，浪漫也能信手拈来。既成熟又贪玩，有时大叔有时小孩，虽然他们很难给予对方安全感，但对婚姻还是很忠诚的。

他们真正爱上一个人，会想各种方法去提升自己在对方心目中的形象。他们热衷于表达，谈恋爱谈得都比较明白。虽然有点大男子主义，但一点不耽误平时装可爱卖萌。他们属于嘴硬心也硬那种，跟他们相处不要拘谨做作有所保留。**只要他们觉得跟你聊得来，而你又在他们感兴趣的地方超越了他们，那便能完全被你制服。**

说他们花心，只是因为他们喜欢新鲜和吸收新资讯。你只需要时不时变一变，比如发型、衣服，甚至换个手机壳，他们都觉得新鲜。他们的女人缘不错，所以如果你发现某些异常，不要装糊涂，一定要向他坦白，严厉教育，解决问题，让他们以后断了念想。对他们不能放纵，不能隐忍，你要学会欲擒故纵，激起他的好胜心，同时你还得做好是情人、老妈、女儿、大姐、女教师、女驯兽师的准备。

他们忽冷忽热，理性而不安，但他们只要爱上就会深陷，认真起来完全是另外一回事，他们对认定的人可以死心塌地到放弃尊严。

🌀 她们一面成熟性感，一面活泼孩子气

3/12 的女生异性缘很好，哥们儿很多，不把自己当女生。一旦成为她们认定的朋友，她们会对你特好，超级有耐心，超级温柔。

她们在外面希望表现得成熟完美，只有在最亲近的人面前，才会展露孩子的一面。她们好奇心特别强，什么不懂的都会问一问，是一个行走的十万个为什么。她们是精神交流的王者，不喜欢别人突然地冷淡，敏感的她们会脑补出 100 种可能。

她们在人前是活跃的、众人的开心果，内心有不快乐的想法，偶尔的负能量也会很快过去。跟她们聊天一般不会冷场。她们酷爱高品位而且小众的东西。凡事不想欠别人，别人对她们好，她们也对人好，不会当面给人脸色看。

她们很需要感觉到你的留心，因为她们还是有点傲娇的，不太喜欢将一些小女生的心情讲出来，所以有时候如果你能理解的话，她们会很感动。她们一面成熟性感，一面孩子气活泼。虽然表面上她们

不喜欢被说教，但是心里希望有人管着。她们倾向于成熟，霸王硬上弓的男性。她们很少佩服一个人，你要让她们佩服你，需要不断地沟通。涉猎很广、懂各个方面话题的男生很吸引她们。

她们的行动力非常强，对什么感兴趣马上就会做。不管是男子还是女子，她们都很会撩，但这并不是花心，只是好奇心，探索欲太强。在感情里她们很念旧，喜欢半夜一个人沉浸在回忆里。别期待她们的回头，分手对她们来说没什么大不了，难受了哭完了天亮了还是一条好汉。

我想和你好好的

特别讲眼缘，他们不会压迫别人，什么事都好商量，但你不要期待他们有一颗平常心。他们对爱人的要求很高，对自己要求也很高。他们只想专注于自己感兴趣的事，一旦觉得值得做，勇气之大超乎别人的估计。

他们对工作没什么耐心，对讨厌的事会变得责任感有点不足。他们是天生的沟通高手，在他们的世界里没有九曲十八弯，说话拐弯抹角只会让他们感觉你习惯掩饰，不够真诚。他们不喜欢被人管，被人压着，喜欢挑战权力。但他们佩服有实力的人，**想让他们听话，你要比他们强，并且很多方面都比他们强才行。**

有点孩子气的他们对朋友的"真实感"要求非常高，直来直去从人品上更容易获得他们的好感。他们性子急，做事不喜欢拖泥带水。虽然不属于按部就班的人，但绝对能一鼓作气完成一件事。

他们最爱的并不是金钱，脑海里有太多好玩儿的事，精神交流对于他们而言尤其重要。另外，也不必把他们说的每一句话都当真。他们玩乐精神强，满嘴跑火车是出于孩子气的本性，不存在任何恶意和目的性。

他们总觉得自己能看到事情的结果，所以很多时候，他们也放弃了坚持，但有些事不坚持是无法预料的。道德在他们眼里也是矛盾的，他们可能专一到让你怀疑，也可能很无情。环境真的很容易改变他们的坚持和信念，所以希望你能成为他们的坚持和信念。

孤独之于我们

☆ 每个人都有一段辛酸史，从脆弱到独立，一路自己照顾自己。你不知道身边的人曾遇到怎样的变故和苦难，谁都一样，经历着艰辛而后重生。人要永远向前看，往事不必再提，人生总是一个从滔滔不绝，到默默不语，最终笑而不语的过程。

☆ 当我说我要把世界上最好的东西给你，要带你去世界上最漂亮的地方时，你并不明白这句话的含义；当我说我真的喜欢你时，你也并不明白这句话的含义。当你明白这些话的时候，我们再无联系。就像曾朝着偌大的湖心抛过一块石头，这块石头不会让湖面长高一米，但我知道，这些言语，永远安静地埋在了一个地方。

☆ 你说的孤独是夜晚、是一个人、是寂寞的城、是灯火阑珊，没有一盏为你预留；我想说的孤独和光阴有关，不是你不被这世上某一人爱着，无亲无故，是你咬着牙成长，蓦然想起了小时候，那个小影子和现在的你遥遥相望。孤独，或许正是当我们想起所有失去而永不可再重来的那些瞬间。

☆ 我忽然不知该说什么。说，不一定有人听；有人听，不一定能听明白；好不容易明白，不一定感兴趣；感兴趣，不一定能回应什么；好不容易回应什么，点燃想说更多的心情，对方又不想再听下去了。孤独是无奈地识趣，从和别人，最终回到和自己相处。

☆ 我总觉别人应该和自己相像，比如自己在乎的，别人应该会在乎，我对你好，你也应该回馈我的好，但确实有人人情味淡薄，不重感情，他们表现得对谁都友善，却从不留恋任何关系。想来性暖的人改变不了性冷的人，想深入，最后只是非我族类，表面功夫。

☆ 我乐意帮助每个经过我身边需要帮助的陌生人，但这并不意味着我的生命需要同行。热肠是我行走的一半灵魂，守着孤独是另一半。

☆ 你愿意把自己放在歌里，才能被歌感动；愿意把自己听进词中，才能被词催泪。世上能惊艳到我们的人与事，极少，大多数时候，起因只源于我们先启动了意愿：我们先渴望被爱，渴望孤独终止，然后才有一个人，能走进来。♊

贴心时刻

你不找我，我也不找你；你只要找我，我就能跟你很开心，完全不设防地玩，玩到忘了你不找我这件事。所以我不找你的时候，我比谁都像大人；只要你找我的时候，我又比谁都像个孩子。

我喜欢 3/12 的你们，却又矛盾，因为重诺的你们义比天高；多变的时候，又让人一再失落。如果要给你们一个建议，我希望，你们不要轻易答应，因为一答应，就会让人期待；期待如果不能达成，就会变成伤人的利器。其实最开始，你们的心是好的，情是真的，只是时间，把诺言变得太重太重，重得听的人不能承受。

但对你们，又责怪不起来。你们开心，在那个情绪的节骨眼，就是那么豪爽、大气、心直口快。细细想来，因为单纯，一路走来一直有一颗顾及对方的心，才会说很多让对方开心的话，才会揽下很多额外的责任，才会为了让人安心开出定心的诺言。

其实在你们的世界，路见不平拔刀相助，对人对事很多都是能帮便帮；加上乐观率真的性格，所以给人形成了不善拒绝的印象，以至于很多事不知如何推辞，将人际关系的压力压向自己。你们为了平衡各方，为全局忍让，做了太多明明可以任性却选择懂事的迁就，很多人却不明白。

一方面理解你们的不易，一方面也希望你们稍微收一点那份江湖义士的慷慨，为了不让这份慷慨将你们绑架，为了你们不失约于你爱的人，为了你们的简单不要被黑化的期待伤害，也为了不让无关紧要的人消耗你们的认真。你们有时候就是太好，愿意也舍得把最好的给别人，但不是人人都领情，也不是人人都会回报。建议你们逢人只说七分话，不可全抛一片心！

在这尔虞我诈的天地间，得你们的一诺，胜世间千万言。

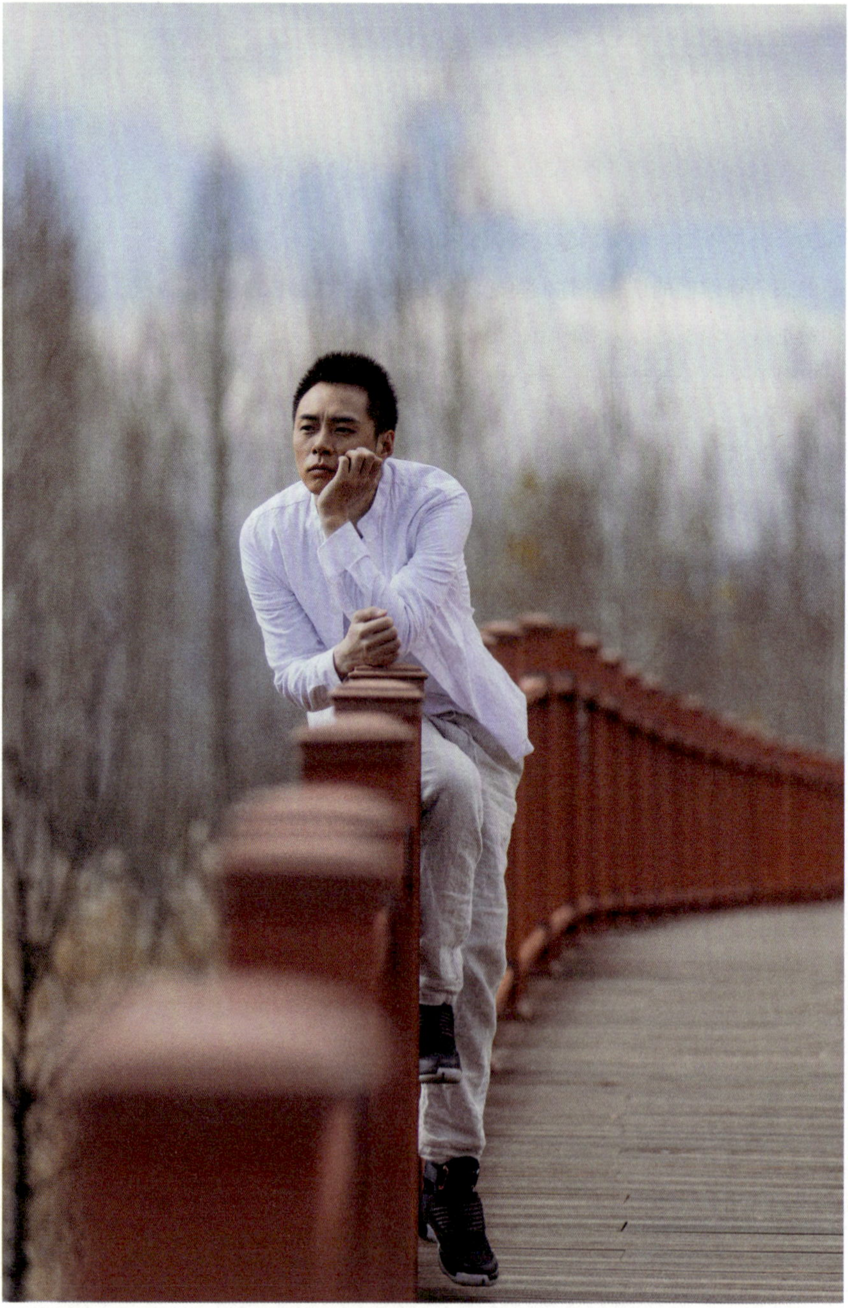

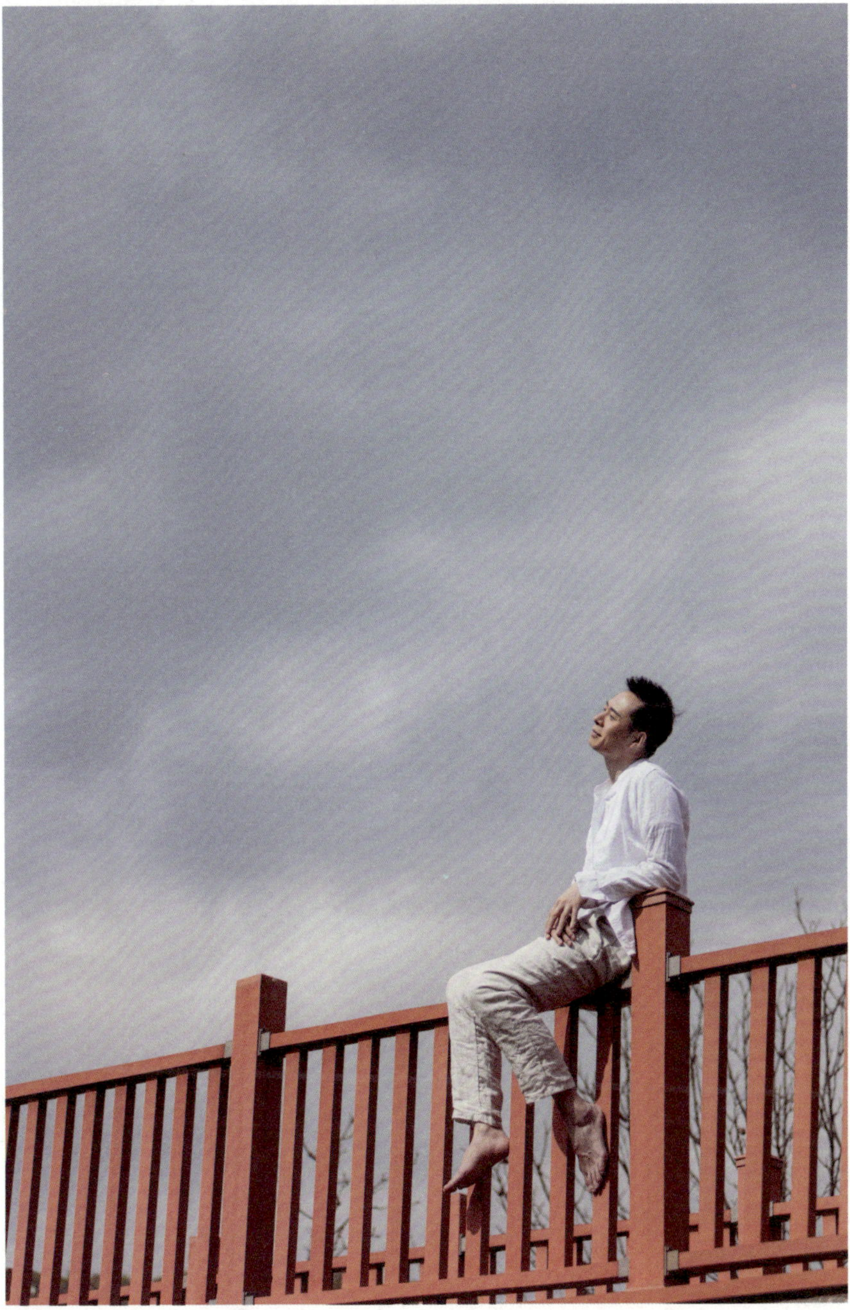

他们为爱强大
也为爱幻灭

亲爱的,你知道吗?

你一旦有了爱情就觉得拥有了全世界。

爱情在你的生命中很重要,

但生命中不只有爱情,

不要为了失去的爱情一再伤害自己。

不是你对人好，人就会回报，我相信你知道。你是心灵的画家，画出一道道底线，也给伤害画出一个出口。你放过往事，也放过自己。我知道你一旦决绝，便是永生永世，再爱也不会回头。

你的感情一旦进入空窗期，非常善于暧昧。你的关心也许只是因为那个时候正好想关心人，而不代表你喜欢他人。你是追不来的，喜欢就是喜欢，不喜欢也会坚持，即使一些人想努力和你日久生情，但你真的属于一见钟情型。

你对他人有所保留，喜欢话里有话，很多事情都希望有人猜。一旦心情不好，说话带刺，同时紧闭心扉，给人若即若离的感觉。**你有时爱自己比爱别人多。**

你内心好强，有强烈的冒险精神，同时又希望在爱情里享受被控制的感觉，你就是这么矛盾。你对自己另一半的决定和行动，向来都非常支持，无论对方的这个事，是不是不合逻辑，你都会全身心地去帮助它，推动它。**不善拒绝真的是你的一种病。**

你不希望自己的恋人跟自己的朋友太熟悉，不喜欢拿出来晒。你本身很有激情，但因为害怕受伤的特质，总是有保留地表达深情。如果有人要爱你，就要了解你内心深处那个脆弱而又难相处的梦想家。

你表面看起来总是有一副硬硬的酷酷的壳子，其实壳子底下是一颗柔软敏感至极的心。你渴望安定，也渴望出人头地，内心充满艺术的灵感，但在现实生活中，总是低眉顺眼，很难真正展露心中的狂想和梦幻。

你心思细腻，自我感觉很好，甚至显得有些心高气傲，但心中还是有需要克服的自卑感。你天生多疑，怀旧，对家庭天然地眷恋。不爱抛头露面，不喜欢随便结交新朋友，不轻易发表见解和做没有把握的事。你公私概念明确，对自己应得的利益很计较，甚至耿耿于怀，而对朋友，你又绝对是豪爽大方。

你很自恋，对自己的容貌、能力、智商都很有自信，只不过再自信，你对爱情还是缺乏安全感。你不太接受裸婚，需要伴侣把生活所必备的条件准备得妥当才行。你的占有欲非常强。

你一般不采取主动的爱情攻势，却擅长挑逗，利用迂回试探的方式去吸引对方。你比较被动，总是需要别人先发消息给你。你保持着童年时代的天真，柔情蜜意的关怀和体贴，最能打动你的心。

你害怕与人过于亲密，也不习惯与人推心置腹，你呈现出来的温柔态度，有时只是一种虚假的自保。你爱一个人的表达方式有时很难捉摸，大多数时候都是默默守护着对方，关心着对方，默默地为对方付出。

只是我所了解的你

不屈服的完美。

永远想以完美示人，也不会因爱人而屈服。

在完美的典范里，不能忘记挑剔。

他们敏感，眼里容不得沙子。

他们永远坚持己见，毫不动摇，谁说也不行。这样的精神，容易让人感到他们在某些事上的绝情和不懂变通，然而正是这样，认定，而无悔。

他们太想把最好的一面表现出来，所以平日总是背负更多压力；太想获得纯粹的爱情，所以试探重重。他们总在心里给他人设置一百场测验，只有通过层层关卡才能被接受，走进他们的心。

他们希望爱是灵魂的镜子，永远无瑕无污最好。凡他们决定的事，如何挽回也是无功，如何恳求也毫无作用。他们无法接受对方稍有犹豫的真诚，也无法长时间处于暧昧而得不到的爱情之间。

他们只想要明确的答复，明确的关系，明确的决心。得到你的明确，他们可以把一切最好的给你，护着你，围绕你而生；当得不到你的明确，他们察觉到你一丝一毫的不纯粹，他们也会收回所有，一点也不给。

他们擅于自我要求，擅于要求他人，也擅于对人好。只因标准太高，吓退了一些人，只因温柔亲和，让一些人以为自己有机会。他们因心中那份超越爱的精神，遗世而独立。

🦀 他们为奉献而生

当他们爱你，他们是你的，身体的每一寸，生命的每一分钟都是你的，让他们活在你的眼里、心里，活在每一口呼吸里。他们是你骨中的骨，肉中的肉，是你心脏的房子，是你灵魂的床，是你思念飞扬，窗台永远的白月光。他们为爱强大，也为爱幻灭。

如果你没被他们暖过，你不会深知人间的暖，人间原来也有这种暖，事无巨细，柔情似水。他们为奉献而生，为一个亲人，一个爱人，一个家族，为一个集体贡献自己的暖意和关心。他们像输血一样爱一个人，爱一个族群，爱自己的家。

他们是集团作战的先锋将领，对他们来说集团就是自己的家族，任你践踏我、污蔑我、中伤我，他们都可以忍。但如果你冒犯、伤害他们的家人，那他们将誓死捍卫，死咬不放，凶猛无比，豁出性命。这时那个温和的他们将荡然无存。你只能看见一个做好同归于尽准备的他们。

他们的痴狂、他们被咬破的嘴唇和哭湿的枕头……谁又能听到这绝望的哭声？谁又能知道他们委曲求全的挽留？谁又明白一个大勇之人，如何在爱的面前低到尘埃，又在尘埃里苦苦哀求？谁又明白，他们关心了所有人，却无人关心他们血流成河的孤独和不甘心？

🦀 生性孤独，内心充满安静的力量

4/12 的男生一副生人勿近的样子，即使自己特别优秀，也时常感到自卑，需要不断打气。他们是一个行动派，心里极具冒险精神，有时胆大到让你惊讶，想做什么就去做。个性自由，自尊心强，心里什么都清楚，但是他们不说。生性孤独，幼稚和霸道互相切换，熟和不熟完全是两个人。他们情感丰富，占有欲强，但很多时候都是偷偷地吃醋。

他们的柔软在外面，内心却隔着厚厚坚硬的壳，初期好接触，却很难进入他们的心。他们总是能耐心细致地解答你的问题，心真的超细，可能比你妈妈的心还细。他们充满安静的力量，内心有一片天地，平时怎么骂都不会怪你，但一旦发火很可怕，可以是豁出命干架的那种。

他们很会制造温暖，喜欢一个女生会观察她一大段时间，不断考验她，看她是不是对的人，极有自己的原则，不轻易妥协。他们也善于冷处理，天生傲骨，太敏感，并且没有安全感，很难主动找你复合。他们的结婚对象大多是贤妻良母型的女子，双方的感情节奏，大部分时候由女方把握。

他们总的来说就是想太多，自他们开始，也自他们结束，可以一个人演绎一段痛彻心扉的言情剧。他们既懂赚钱又懂照顾家眷，有人说他们容易跟人暧昧，恐怕是因为他们习惯对人善良友好，有时难免产生误会。他们很看重爱情的名分，没有恋爱之名，怎么暧昧都行，而一旦证实关系，他们对感情相当认真，也不介意付出，可以献出自己的全部，并且全力支持自己的伴侣。

他们也许不会去思考太长远的事，但眼前的现实问题，他们一定会力所能及地去考虑去做好。他们分手的时候很决绝，曾经你是他的小太阳，过后瞬间就可以变成他的大冰山。他们忠于每段感情，也有陪伴对方一生的韧性，只是如果你先爱上他们，可能需要做好先承受痛苦的准备。

她们有着善解人意的可爱，又情绪化得莫名其妙

4/12 的女生有时候懒懒的，什么事都不想打理，有时候收拾起来，又像犯病一样没完没了。她们上一秒开心，下一秒就伤感，生起气来看谁都不爽，关键是自己也不知道生气的理由，自己都跟不上自己的节奏。她们有着善解人意的可爱，又情绪化得莫名其妙。难过会一个人躲起来，决不会当着人面说。

她们喜欢主动关怀别人，当别人的心灵导师。有时候有点任性，周围人的一点变化、一句话她们都能想很多。骨子里是一个悲观主义者，对自己不够肯定。她们内心深处有强烈的冒险精神，一颗文艺

心和好强的心。只是她们太傻太天真，不忍心拒绝，心太软，容易被骗。

她们对待喜欢的人，有时像母亲，有时像女儿。斯文细心的男生，对她们特别有吸引力。她们一般在外人面前把自己保护得很好，一旦她们愿意和你聊比较私人的话题，那就证明你在她们心目中已经比较重要了。

她们恋家，关注各种家居装饰，喜欢和家人腻在一起。在你身边的女生，都不会像她们一样，让你觉得自己是如此重要。她们对另一半很好，无微不至，什么事都会为对方考虑。**她们常常就是喜欢一个人到不顾一切，然后自己却遍体鳞伤。**

我想和你好好的

他们做事自有自己的一套方法，特别不喜欢别人干涉。有时会因为一些小事而受到挫折，抗压能力不是很强。他们喜欢将自己的家及工作场地整理得井井有条，建构自己的王国，所以不要做一个不速之客。

他们喜欢照顾别人，也最有戒心，接近他们需要坚持和耐性。他们给陌生人的感觉是非常有感染力，善于交际。但实际上，他们有各种极端的情绪，所以不要跟随他们的极端情绪。**不管他的情绪如何变化，只要你不改初衷，给他们安全感，他们就会觉得你真的是一个靠得住的人。**

他们的付出是有要求的，需要同等回馈。首先他们最需要的是情感，其次能令他们满意的则是利益。如果你无法给予同等价值的回馈，他们会觉得跟你在一起缺乏互利互惠的基本保障。不要让他们独处的时间太多，他们会失去安全感，也会乱想；也不要期待他们比你更理智，他们非常的感性。

他们本身非常喜欢试探、考验别人，但这并不意味他们也愿意成为被人试探的角色。他们以自我为中心，习惯自我保护。如果你忽略他们的感受，会发现他们一切的柔弱都荡然无存，取而代之的是强悍的、充满爆发性的反击。

不要主动挖掘他们内心的秘密，也不要说他们家人的坏话。他们会时时刻刻记住你答应过他们的事情，因此不要轻易给他们承诺。每一个看似优柔寡断的他们，都坚强地走在自己的道路上。他们就是这样嘴里一声不吭，但心里却依然坚持的人。

安全感之于我们

你在难过时，求助别人没有回应，所以当别人难过倾诉于你时，你知道如何表达安慰；你明白受伤或者生病只会招来嫌弃，所以在别人抱恙时，知道如何表达同情。我们在自己没有得到关怀的失落中，学着了如何给人关怀。一个人承受过心酸的遭遇，才会避过自己经历的痛楚，给出感同身受的温柔。

当时的感觉是真的，过去后没有感觉也是真的。人的感觉，尤其最初的，试图去寻找时，恰恰证明已山河巨变。感觉不是静止的相片，是云烟，努力想找回曾经的状态，都只是刻舟求剑。感觉已不在原处，继续的都是人愚蠢的固执。

有些地方一生只会去一次，有些人一生只能遇到一回，当我途遇千百个人我才了然，我仅是希望在自己最好的时候遇见你，被你珍惜、难忘，视之为宝。

你楼下有一处美景，想拿上相机去拍，却总告诉自己再等一个更恰当的时间；你身边有一个人，你想和她在一起，却总告诉自己欲擒故纵再试试。就这样眼睁睁将触手可及的东西变成遥不可及。世上有什么会等你？无论一个人还是一片风景？世间一切事物都没有等你的义务。我甚至觉得，缘分就依赖于那叫作"时机"的东西。

有一种失望，可以是见面热烈真诚的拥抱，更新即点赞的频繁互动，嘘寒问暖，侃侃而谈，就像原来一样，不管内心对你什么评判，都无需努力表现出我对你没有失望的态度，却再不会对你委以重任、披肝沥胆、荣辱与共。修养让我们友好，忠义却将你三振出局。所以有的人对你仍会言笑，但他已不信你。

你主动安慰别人，同时你也"被"安慰；你主动拥抱别人，同时你也"被"拥抱；你主动一种给予，同时被动一种获得，这种有效是双向的。你主动想念别人，你也没有"被"想念，它既不双向，也不对等，是我们想多了。世上有的事，就是空谷回音，石沉大海，就是千言万语，只能一默。

我们不会败给叛逆，不会败给狂野，我们只会败给本分，败给我们愚昧的安全感。👓

贴心时刻

4/12，我知道在别人看来，你时不时会情绪无常。清醒的时候，你是天使，能给周围人带来最温暖的阳光和爱护；但在冲动的时候，你的情绪气场立马变成地狱，同样给周边的人带来最压抑的氛围。你的脾气不会对他们造成实质上的伤害，但那份气场和心情，恐怕没有几个能受得了。

但是每每你那一秒的情绪魔鬼过去后，立马又变回常态的天使，哪怕千分道歉、万分补偿，都只是亡羊补牢，钉子从墙上可以拔下来，但是留在墙上的洞将会永远存在。

所以，对于这样让人深爱却又偶尔失控的你们，请保持克制，你的脾气就那一秒钟，所以需要克制那一秒，默默告诉自己：别伤害他们，因为伤害了他们，最终还是会在自己天使的时候，一味陷入自责和内疚。

希望阅历能补牢你耐性的缺口，愿你成为一个十分的天使。

我知道你们看不惯的人和事都能写在脸上。都说你心思细腻，但是我知道，你还是更喜欢把自己最真实的一面毫无保留地显露出来。

你们有着超强的说谎本领，但是不屑欺骗；你有着超强的伪装本领，但是不屑于隐藏。你总不愿说善意的谎言，总带给大家残酷的现实，所以会有人觉得你极端，觉得你不世故，只是因为你是个真话的践行者。不过哪怕全世界都不理解你，请你也别放弃自己与生俱来的那份纯白的童真；纵然你能洞悉一切世故，也希望你永远不要被自己的那份黑暗吞噬，永远保持内心的清澈，永远是一个纯粹的人。

你们的感知力超强，当很多人还丈二和尚摸不着头脑的时候，你已经看到第三第四步了；尤其当你的解释不被理解的时候，你会难以容忍与弱者为伍，因为你对自己有很高的要求，你更在乎周围人不能掉链子，所以你着急，你有时有脾气。

这些我都明白，所以你需要做的，是继续保持自己的节奏。天生路见不平拔刀相助的你，尽管有时不那么有耐性，但你们对弱者有一份同情，希望他们好。所以，请保持你的热情和事无巨细，不是人人都会成为你那样的奋进者，不是人人都如你般认真和专注，创造自己的光辉和骄傲的时刻。

宠辱不惊，花开花落，不管别人如何，你只做最好的自己——愿你在蹉跎的尘世中感悟岁月的静好；愿你在追寻自己想要的途中，总有贵人、方向和星光，永不迷失在物欲的黑夜与灵魂的远方；愿你思有所得、念有所报、老有所依。

真挚如初，宛如天使。

愿有人能照顾好你的善良，
愿我们今生，天涯永不再相见。

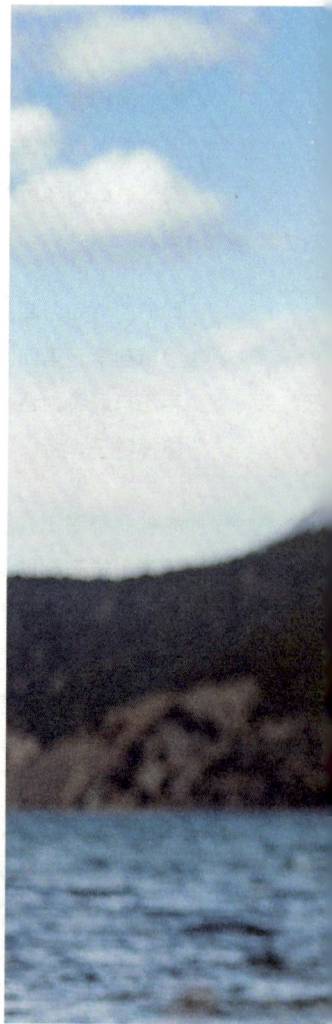

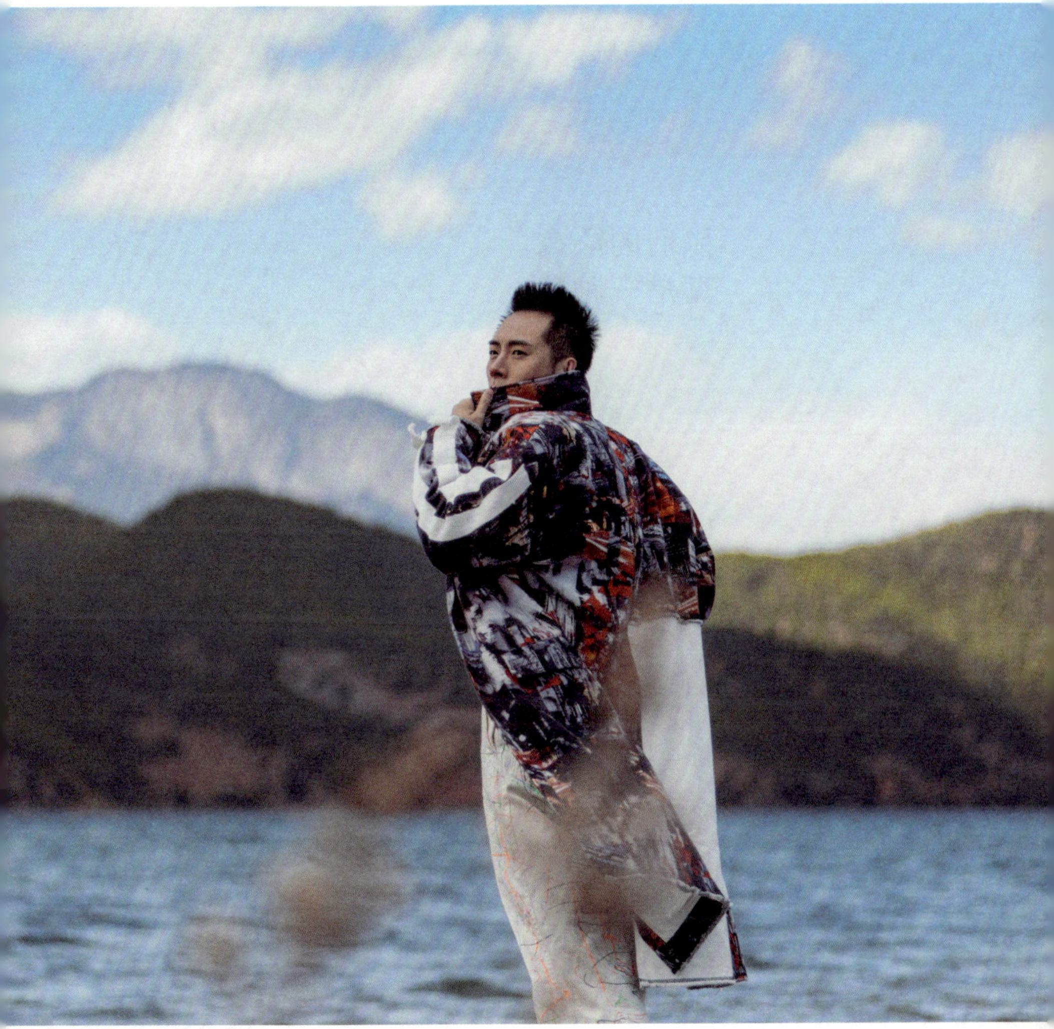

你们的心软
真是一种病

亲爱的，你知道吗？

你是一个腼腆害羞却又坚强可靠的存在，

是个一哄就好，吃软不吃硬的温暖存在，

是一个想要变得更好，

拥有更好的未来的积极存在。

你貌似强大，内心却太在乎别人的看法。你很难承受忽视，过度地注重自己的需要，而这可能会忽视对方的情感。你只能够胜利，不能够承受挫折，你的心需要其他人放下身段来焐热。

你的宠爱更多在于心情好的时候，只要心情好，对另一半是万千宠爱于一身。你会用特别的方式保护他，帮他挡去不必要的麻烦，给出理智的分析和温暖的依靠。

你是一个很愿意担当的人，非常珍惜身边的爱人，同时你也爱玩乐，不喜欢恋人是一个闷闷乏味的人。你会在最爱的人面前展露真实的自己，有童趣，人老心不老，说话也非常直，从不掩饰，日常生活里的你，就像哆啦 A 梦一样，随时从背包里拿出需要的东西。

你拼命装作强大来掩饰自己小自卑的秘密，你的爱人会撒娇会要求很重要，因为这会让你感觉到需要。只要爱人不离开，你的责任心、担当便放任自流，所以在很多时候，你会仔细地照顾爱人，关注她的情绪。

你是伪装高手，用不在乎来掩饰非常在乎，明明拿不起、放不下，硬要假装，结果苦了自己。你有很强的艺术感觉，大度，行得正坐得直，喜欢被赞美。尽管外表上显得很从容，但实际与异性交往有些困难。

你非常容易轻信别人，有时对人忽冷忽热会有冷淡期，这让朋友有些受不了。你能被世间大爱所感染，有一套强烈的自我主张，讨厌挫折感，无法容忍与自己相左的观点，在团体里或朋友圈里富有群众魅力。

你喜欢优雅地表现虚荣，不善于区分同情心、好感和爱情，喜欢戴着无所谓的面具，默默承受一切。你有时拥有无所畏惧的自信，有时又灰心丧气到需要别人给你生活的动力。

你其实只是只温柔的家猫，乐观开朗的你，对很多事情不擅长表达悲伤，不想毁掉多年建立起来的乐观形象。冷场时总是你第一个出来热场，很注重公平，凡事都会分得清清楚楚，同时也有特别懒散的一面。

你会为了所爱的人而战，变得极具保护性、无条件地支持、并且非常能照顾人。**你可以为了爱而做重大牺牲，可以全然地牺牲自我并放弃一切，且永不后悔。**

只是我所了解的你

以你知道或不知道的方式对你好，为你好。

据我所知，这就是他们。

只要他们的心里认定了你，总会千方百计，总会孜孜不倦，甚至傻气地对你好，以他们骄傲的、从不会错的、自以为是的方式灌输给你。无论你需要也罢，不需要也罢，他们总是能想着你。只要是你，哪怕不是恋人只是朋友，他们也会默默地，暖暖地为你做些事。

他们不愿意承认，但事实如此。**他们的爱和付出是有前提条件的。他们可以将全部的忠诚和专心奉献出来，但他们必须接收到明确的、笃定的信息。**这是他们奋不顾身的条件，也是赴汤蹈火的前提。

他们一生追求一种核心感，他们必须是一组重要的人里更重要的部分，必须是你生命里最爱的人里的核心。你不要看他们平时大大咧咧、居家宅浪、事无所谓的态度，**他们渴望的是一种超越物质的更重要的认可，这份重要感，贯穿着爱情和友情。**

他们有一秒变脸的情绪化、无惧权威的自我意识，说怼就怼的被害妄想症的复杂人格。他们一生渴望被需要，被妥善安放，但他们一生也喊着我根本不在乎被需要的口号，逞强地活着。伤痛都是自己的，笑脸是大家的，面子是第二个生命，骄傲不允许他们悲伤。

⏺ 不求深刻，只求简单

他们一边碎碎念，一边收拾好你的烂摊子，一边埋怨你，一边为你出头，一边看似心大不细致，一边默默照顾你的方方面面。他们的任劳任怨总是一副很嫌弃你的样子，却把你的事当成自己的事，担待在自己身上，尽心尽力。

他们无论怎样不开心，怎样埋怨你，只要你再求他们，只要你再需要他们，他们还是可以为你赴汤蹈火，冲在最前面。他们的心软真的是一种病，善良和义气，野火烧不尽，春风吹又生。

也许他们不是最浪漫的，也许在这现实的人生，太多人学会了多面的生存技巧，但他们的灵魂总向往着真性情，不求深深刻刻，只求简简单单。有时撑着坚强的架子，让他们忘记了示弱。其实他们也想守一个人，能在家里舒舒服服窝上一天，有聊不完的话，有被对方珍视的那一份柔情。

有些人为了五斗米折腰，有些人为了美貌拜倒在石榴裙下，而他们为才华而生。他们的眼睛，像一个敏感的雷达，一生搜寻着闪着才华之光的人，献上他们的倾慕和毫无保留的推崇。他们的眼睛真的很会看人，看一个人的潜力，就像看穿一块平常石头里蕴藏着的美玉。只是他们太珍视那份才华，有时全身心地交出自己，被人伤害，被人利用，被人牵着鼻子走，真的是失去自己，也在所不惜。

他们为暖你的心，不会表现悲伤，藏起自己的难过，做朋友的掌门人，做姐妹的扛把子；为暖你的心，藏起所有的苦，做一个一直发光的小火炉。**他们若是真的爱，可以不要名分，不求未来，只管厮守，什么都能不要。**

🦁 他们一生只喜欢主动出击、主动追求的感觉

5/12 的男生没有表面上那么大男子主义，是上得厅堂下得厨房的全才。他们做事认真，重兄弟情谊，表面上花花公子，实际非常专情。他们随性潇洒，内心却傲娇爆表，谁都瞧不上，但只要美言几句，他们可以毫不吝惜地为你做很多事，并且容易相信他人。

他们舍得给女朋友花钱，当他们的女朋友，可以享受公主待遇。他们能亲为的事决不让你动手。他们不但没有想象中强硬，还很温柔，疼起人来恨不得帮你解决一切困难。他们会做你的人生导师，为你开导，听你倾诉，一个男人比姑娘还细心。

他们讨厌矫情，讨厌说话拐弯抹角，一切不坦荡，在他们看来这都是丢人的行为。他们也有颗玻璃心，平时嫉妒的小情绪不会表露出来，但内心很细腻。你说过的一些话，他们都会默默记在心里。

他们好面子，爱做带头人，就算事情没把握，也觉得输人不能输

阵。他们有点自大，也有点多疑，霸道总裁加上少女心，能浪起来，但只对喜欢的人，对别人都是高冷。**他们固执，喜欢开着玩笑把自己内心的真实感受说出来，跟他们相处，一定要用语言表现出你对他们的感情。**

他们喜欢有艺术修养的女生，不喜欢土豪，喜欢贵族，对清纯、天真、有品位的女性特别有好感。他们对人周到，什么都会跟你说，说完吊起你的好感，但后来人间蒸发的也是他们。他们陷入爱情、展开追求时，会有超乎寻常的坚持，不惧坎坷、不辞千里。

那种自成一体为爱付出的行动力，常会让人感叹怎么这么傻，这么幼稚，成熟起来是家庭的担当，天真起来是炽烈的言情剧，冷血起来是一点没有将就，他们一生只喜欢主动出击、主动追寻的感觉。

血也许会流干，但骄傲不会

5/12 的女生喜欢一个人待着，容易活在自己的世界，有时候有点孤僻，觉得别人不懂自己，又懒得解释，所以也不愿意去走进别人的圈子。

她们对同性很好，在姐们儿中，经常是被当成汉子用的。虽然她们的脾气经常暴走，但是翻脸率很低，得罪她们也很容易被原谅。她们自视甚高，尤其不能接受没本事还要显摆，对自己指指点点

的人。对她们来说，无论你的观点是什么，我就是对的，我都是
对的。

她们像个小孩子，喜欢一切萌萌哒的东西。不花钱的时候存得下
钱，而一旦花钱就是大手大脚。她们做错事很少主动认错，虽然不
善于接受意见，但耳根子软，比较好哄。白天在外人面前是个搞笑
小太阳，晚上一个人的时候就是独自舔伤口。她们非常善于掩饰自
己的负面情绪，小事喜欢大惊小怪，遇到大事反而不慌不乱。

她们不喜欢玩暧昧，喜欢玩暧昧的男性，她们只会当成是朋友，所
以面对她们一定要表白，直接的那种。直率开朗的她们，总是轻易
地把好恶表现在脸上，很有肚量，不会疑神疑鬼地神经质。面子几
乎是她们除了生命和爱人之外最重要的东西。

她们在爱里不想承认脆弱，明明想要低头，却摆出一副不能谈就分
手的样子。所以需要你贱贱地缠着她，不停约她，关心她，成为主
动和强势的一方，让她们习惯。

她们内心非常独立，如果她们毫不客气用了你的钱，那也证明内心
已经被你攻陷了。虽然她们在爱里的智商让人捉急，但她们不会拖
泥带水，不会在死心后再吃回头草，可以说她们绝对是最让人放心
的前女友。如果她们爱一个人，只有一腔又一腔的热血，血也许会
流干，但骄傲不会。

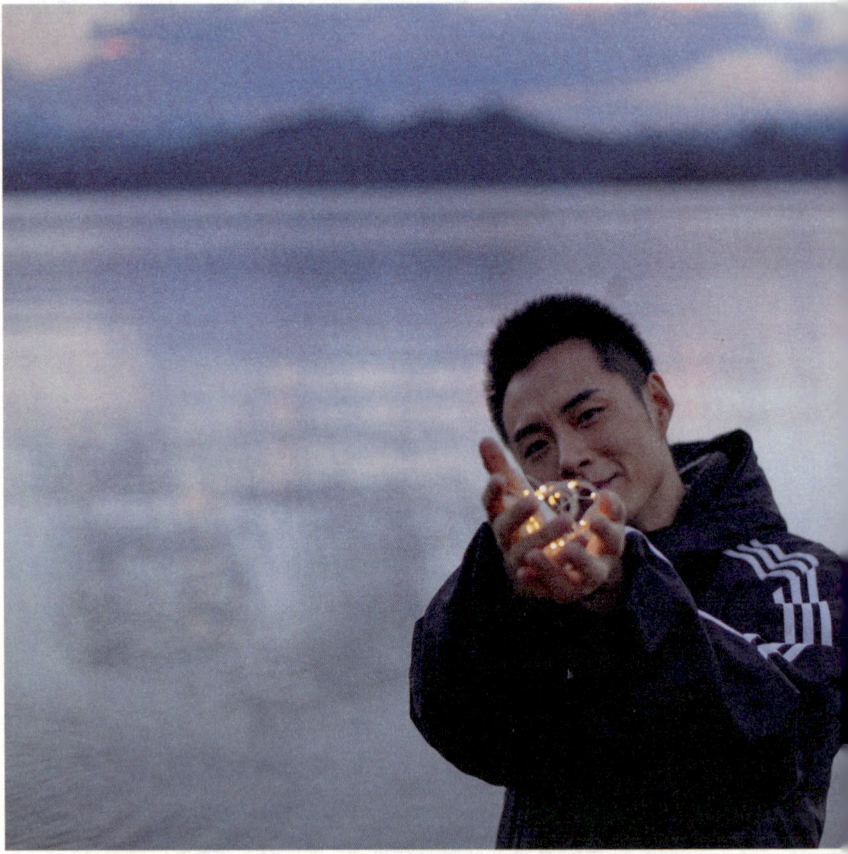

未来的某时某刻，你若出现，
我仍会不顾一切奔向你。

我想和你好好的

慷慨大方，不爱计较，对朋友很豪爽。面子，真是他们绝对不能不维护的大事。他们骄傲，因为无法接受自己卑贱存活于世。**他们满身傲骨，可能会给人造成自恋、狂傲的错觉，但其实是他们太看重自尊心了。**他们喜欢占上风，不管在任何场合，都希望自己是吃得开的那一位。他们欣赏很有才干的人，因此想要跟他们相处，你就得有点才能，用结果证明你的实力给他们看。

他们虽然善于处理人际关系，但不善于跟陌生人打交道，对此你如果理解为他冷漠，就错了。只要你愿意略微地主动打开一个话口，他们可以立马变得热情洋溢，毫无防备地跟你聊天。

他们习惯事先做好计划再行动，所以不要轻易打乱他的时间表。他们喜欢掌控属于自己的东西，所以让他们掌控局面，是长久相处的秘诀。他们讨厌别人不能理解自己的想法，讨厌自己很热情却得到对方冷淡的反馈，更讨厌别人的不信任。他们也许出于无奈对人有一些世故的套路，但他们的三观正。

所以当他们闹小情绪时，要安慰他哄他，不要用自己的小情绪去跟他挑衅、争吵，他们只是在试探你能否用爱包容他。他们的爱有超乎想象的用心和朴实，所以要懂得陪他度过情绪上的瓶颈期。

自尊之于我们

☆ 每个人在看到吃软不吃硬这几个字时，都认为我就是这样的人：不惧强势，只信温柔。然而多少人遇到的另一半，比自己更狠，于是你明明一个不吃硬的人，却要先于对方的妥协向其示软。相处之中，能让自尊心舒服都是理想，无论我们愿与不愿，为一个人改变，是感情永远的主题。

☆ 假如焦虑令你不安，记住：我是爱你的；假如孤独令你难耐，记住：我是爱你的。也许还有怀疑、烦躁，纵是那些负面情绪将你钳制，甚至迁怒于我产生伤害，反复无常到连自己都对自己失去信心，也不要忘记：我是爱你的。当你渐渐平静，放下自尊心，第一时间记起来，在你失控到不能自持的时间里，我一直爱着你。

☆ 我没有把自己想得太独立，把你想得太依赖；没有把自己想得太坚强，把你想得太脆弱。我只是看着你的背影，仅凭想象，保护的欲望便会凭空而起。爱就是回报我所有的想象给你。

☆ 我想过很多种与你一起死的方法，却没想到我们最后的死法，是老死，不相往来。

☆ 世上的情绪，怎么可能说不出来由？我想一定有来由，只是那个来由太深了，深得不愿示之与人，我知道，你一定也是又过了一个人生的坎儿，又那么难、那么沉重地扛过一段旅途，不想说太多，有时候，孤独地挺过去，在阳光下，我们屡屡扬起不服输的头。

☆ 这个世界上，只有你自己清楚坚持有多么不易，甚至在这条路上过了很久，你也从未想过得到任何人的鼓舞，但假如有一个人，不经意间告诉你：真的很好，一定要继续做下去，坚持你自己。但凡有一个人曾表达出诚恳的支持，那么所有委屈瞬间都会变成骄傲，好像那布满荆棘的道路依然值得勇往直前。♌

贴心时刻

5/12，刚认识你们时，觉得接近是有困难的，因为你们好像很冷，很高傲，很有主见，别人说一句话都会被你看透，做一个动作都会被你在心里打分，你们的温和之下有一种隐隐的距离感。但是，只要聊三句天，只要能再主动一点，就能撬开你们对陌生人那层羞涩，其实你们天南海北无话不说，直截了当心无城府。

你们也是给人建议的高手，深谙规则的能人。我喜欢你们的不纠结和爽快，喜欢你们和人打交道时的随和、切中要点，喜欢你们是务实的理想主义者，不会为了不切实际的东西奔命；喜欢你们的坚持和原则，说一不二，虽会妥协，但底线不失。

说实话，你们更成熟、成功、成长得更全面，也许行事作风没那么惊艳，但绝对是靠得住的一员。我给你们的建议，也在这全面之中。你们希望事事都能做好，面面都能俱到，次次都能被信任，这种动机却反过来成了你的软肋，只要你一次没有做好、一次没被信赖，只要当你被刺耳的声音质疑，你便容易遁入自己的负面世界，良久在复原和振作间纠结。

你们有世上最热烈的忠诚，却也在其中加了一点点脆弱，让你不能经受起指责和抨击；你容易将一些言语看得太重，这也决定你们的爱情观是极端的。

要么全部，要么一点也不。

我不是说你们要坚强，因为你们对很多事都无所谓；在无所谓的标准里，没有坚强与否，只有我的喜怒。你们是如此真性情，但世事却让你们学着在什么人面前该说什么话、该笑还是哭，所以，你们成了这个江湖里最好的学生，但凡这个世界要让人挡刀背锅，你们从来没让谁失望过。只是希望，拔下身上的箭和刀；你转身，还能把心里的那个孩子保护。

多少人看到你肆无忌惮的笑，又有几人在乎你默默的背负。

狮心向阳，骄傲前路。

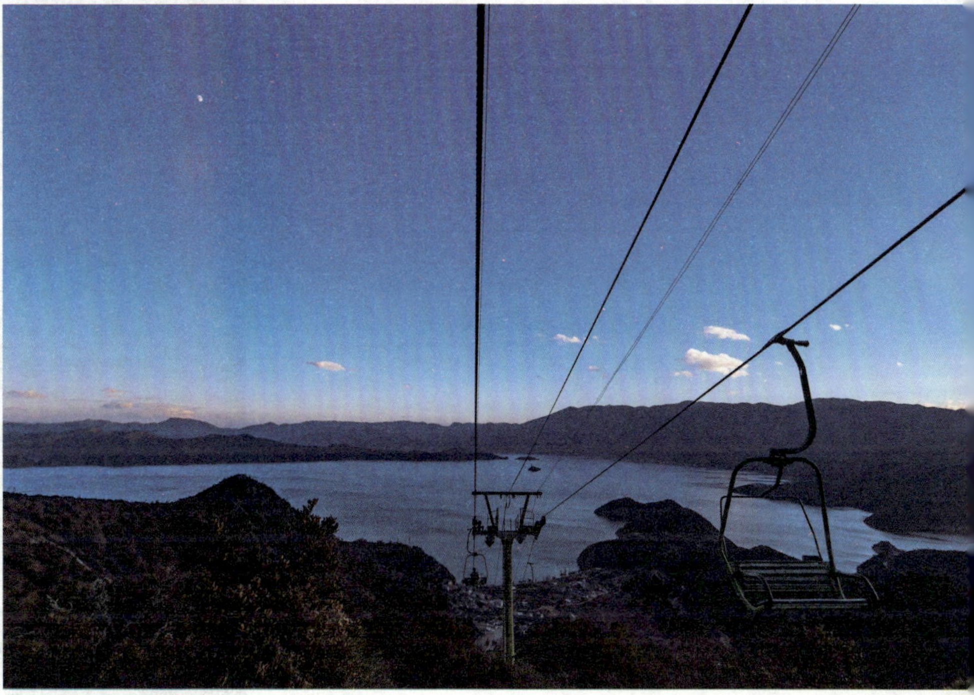

我不害怕孤独，不畏惧独处，
只是，我喜欢有你在的世界，
有你陪我的生活。

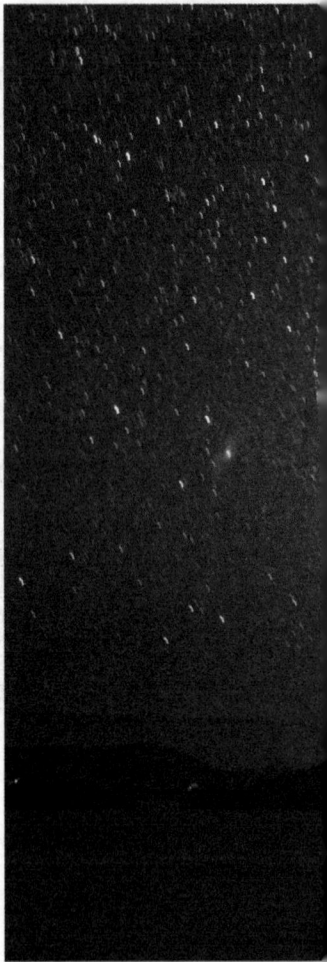

要么陌生
要么一生

亲爱的，你知道吗？

你总是后知后觉，

总是失去之后才幡然醒悟，

总是面对人生的抉择想得太多，

思考太深，甚至一再错过。

你经常根据工作表现来判断自己是否有价值，如果其他人对你的工作没兴趣，你会很容易感到厌倦。仅是情感不足以留住你。你的爱包含抱怨和唠叨，这是因为你把爱情当作安全的避风港，想在港湾里吐槽各种烦心事。

你想要真正地去爱，需要时间细心培养才行。你会选择可以信赖的对象，而不是耀眼的。你决定相处的人大多是有用的、安全的、有知识的、温暖的人。简单质朴才是你追求的本质。

因为你缺乏信心的个性，常在潜意识里责怪自己不够好，但你的喜欢是限量版的。尽管说话不好听，赞美别人的含金量却是最高的。你总在纯洁和好色之间徘徊，这一点很难说清，不过你的内心是极其善良的。**你爱一个人永远是一副内心锣鼓喧天，表面装得波澜不惊的模样，不断想起那个人，又不断克制自己想那个人。**

你选到一个喜欢的人不容易，选到一个适合自己喜欢的人更不容易，你对待感情太慎重，太小心翼翼，然而一旦认定，就会把心底所有防线都撤掉，全身心地爱着对方。得到了就会好好珍惜的你，只会死心塌地去爱，永不背叛，心中眼中唯你一人，默默地为对方做出改变。

你看问题喜欢刨根问底，一眼看到终结，习惯从事情中不断反省自己，给自己施加压力，所以有时会活得心累。**冷战是你的强项，逃避是你的习惯，你对自己渴望的东西总是先退到一边，缺乏一点勇气**，却有天生的领悟力。总的来说太倔强，宁可忍着，也不会主动认错，十分被动。

状态好的时候，你的人聪明、细腻、能干，状态不好的时候就变成了另一个人，间歇性自闭症。你对爱人的要求很高，要有实力，并且完美。如果在没有感觉到对方的付出之前，要你先行付出或牺牲，那是绝对做不到的事情。

你的恋爱属于回报型，你不介意成为爱人的后盾，愿意把自己的幸福置之度外，有很强的奉献精神。如果有人喜欢你，那么一定要非常的主动。你是个不善于要求别人的人，用情至深，爱上一个人之后不会轻言放弃，但有时也只会默默爱着，不会轻易表白。

只是我所了解的你

他们需要献祭，必须得到你的主动和决心，

因为他们是极为被动的一群人，你要做好屡败屡战的准备。

他们迎接你的将是漫长考验，直到你精疲力尽，他们也许才可能感到一丝对你的好感，这也算一种单纯吧。**因为迟钝所以易试出真心，因为考验重重所以相对长久。**他们的爱永远有一条准则，也许连他们自己都不知道，那就是你能带给他们什么。

无论是安全感、稳定感，还是物质感，他们只有在你付出以后，才会对你敞开心扉。即使对你有好感，加上个人魅力，甜言蜜语，你也许可以得到其他人的心，但你绝对得不到他们的心。你必须有所付出。持续不断地付出之后，他们才会慢慢动心。

他们非常欣赏毅力，崇尚毅力，毅力意味着，决不轻言放弃的精神，所以不要被他们的毒舌吓跑，不要被他们的反话击退，不要被他们的冷漠冻伤，这些都是考验。他们喜欢观察他人的每一个举动，验证对方是不是他们心里的那个人。

他们一旦认定，便是全心全意，你会成为他们全部的灵魂寄托，全身心的归属。他们虽不能用绝对忠诚的绝对二字，但忠诚近乎完美。他们的爱从来就很简单，别被挑剔、高冷、龟毛、被动、神经质的迷雾遮眼，他们一直用性命践行着八个字：要么陌生，要么一生。

所谓错过，就是我可能还会在想你，
但是不会找你。

如果有一天你要离开，我不会挽留，
因为你的幸福比我的挽留重要。

🎧 爱这类人最能试出一个人是否爱得诚恳

他们是什么样的？如果前方有深渊，他们会怕，但还是敢迈出那一步，朝深渊里跳，就像眼前是大火，他们会退缩，但还是敢舍身上前，拥抱火团，灰飞烟灭。**他们爱一个人可以不明心意，但天知地知风知雨知唯你不知，深深地又深深地埋进心底，你若不来找他们，他们便一辈子守着这份喜欢。**

他们对爱情都不太自信，表面表现得乐观高冷，但时不时蹦出的两句幼稚话，才会让你知道，外强中干的他们，只是防御意识太强，对周围筑起高墙，把真心锁在守卫森严的城堡中间而已。你不来找他们，他们永远不会给你真心；你若来找他们，就要给你设置 101个困难。他们要试出你的真心。

爱他们最能试出一个人是否爱得诚恳。是的，很难亲近到他们最柔软的心，但你知道就好，在一座巨大的宫殿里，住着一个孤独的用情至深的人。

他们真心爱你，会放下自己所有的原则和坚持，但他们的被动，是一扇厚厚的石门，走进他们的心没有什么技巧可言，唯有无畏的坚持和恒心，不间断的主动。**正如你要点燃一团火之前，自己首先得是一团火。你要融化一团冰之前，自己得有一颗充满温度的心。**

爱他们你会觉得很累，再不想这样没结果地主动去爱了。也许你正要回收爱时，从此做好成为陌生人的准备时，他们才会忽然想起你的好，回头来向你主动。他们总是这样后知后觉，总是失去之后才幡然醒悟，总是面对人生的抉择想得太多，思考太深，甚至一再错过。直到他们认定了，那便是最幸福的一件事，他们痴心一片，无怨无悔，他们今生今世只爱一个人。

他们心里什么都知道，所以你总能从他们的言语里感到一种睿智与可贵的认真，**他们总是太坚强，坚强到忘记了流泪的感觉，坚强到不需要拥抱，坚强到神经质，坚强到渴望一颗真心。**

🐾 跟他们讲道理，你讲不赢的

6/12 的男生不喜欢无理取闹的女性，讨厌任何不理智的行为，他们只喜欢真实真相，即使真相赤裸而残酷。他们做朋友真的不错，亲切，有求必应，做恋人就要想好了，他们不善于照顾你的情绪，不太会玩，但绝对是会过日子能持家的，他们比较在乎别人眼中的自己。

他们外表看起来纯洁，其实内心过于复杂，并且孤独。他们很好沟通，只是比较谨慎。他们的爱情都是建立在现实基础上，不善表达，尤其是感情。明明关心你在乎你，非要毒舌装高冷；明明爱你欣赏你，也憋着不说。他们是属于自己邋遢可以，你邋遢绝对不行的那种。

他们什么事都喜欢和你讲逻辑讲道理，犯了错跟他们卖萌撒娇没有用，只能老老实实承认错误，还要深刻理解自己为什么错了、哪里错了。他们看娱乐节目也能认真地上升到三观。小事他们都记得，一件事能跟你说一年，一直把你说急了，等下次心情好的时候，还要再跟你接着说。跟他们讲道理，你讲不赢的。

他们好替弱者说话，喜欢乐天派，言行一致的人，不相信你说了什么，只看你做了什么。他们很难被感动，需要你用心击中他们内心对家庭的渴望和责任感，让他们觉得照顾你是一种乐趣。他们慢热，有责任心，对自己要求高，也会尊重你的意愿，生活中什么都要讲，像长辈一样，其实他们的隐藏属性是一个黄段子手。

他们总是把事情看得很长远，跟他们交流需要谈点艺术，谈点文学，谈点电影。他们情商很高，即使十分讨厌的人，也能正常交往。**他们真心是不会谈恋爱第一名，不过基本都是好学生，教一教就会了。他们是等不到的，只能去追，可以来硬的。**

她们明明很敏感，却强迫自己要理智

6/12 的女生常常是人群里表现最骄傲的那个，绝顶冷静、实际，对生活，她们需要强而有力的掌控感。因此只有细致的心，才能让她们获得更多的安全感。

她们很少张扬，内心却极有自己的主张，并且固执，她们不是喜欢要求别人帮忙的人，会把自己的事打理得妥妥当当。她们有着与生俱来的分析和批评能力，常常挑剔除了自己以外的所有人，而且不加掩饰。

她们对人单纯热情，办事逻辑思维强，只要事情由她们来做，总会让人特别放心，因为她们要是做不好自己都不会满意。**她们普遍有点文艺气质，内心柔软、敏感，却强迫自己要理智。**她们善于倾听，不会多管闲事，但要她们低头认错是很困难的。她们谦逊，不刻意刷存在感，总是与生活保持一定距离。

她们喜欢成熟，比自己大一点的男性，自负如她们，不喜欢笨的。她们对做事认真的男性很有好感，讨厌粗俗的求爱行动。平心而论她们还是喜欢低调一点的，太锋芒毕露的人，容易让她们心生退意。**她们只崇拜强者，喜欢不盲从、想法特别的人。**

她们总是能以理性温和的态度，扮演好一个贤内助的角色，但她们对越是亲近的人越唠叨。她们会在前一秒还卖萌，下一秒就因为你一句不在意的话变得高冷。她们在爱情里是很偏执的，但只要真正去爱，可以为爱人牺牲一切，所以她们常常在深爱一个人后，感觉就像生了一场大病，很难走出来。

我想和你好好的

他们谨慎冷静，凡事要求完美。虽然不会命令别人，但常常给别人提许多批评或意见。他们拥有一颗强大自我的心，各种细节都会在意，尤其对亲近的人提各种要求，所以如果你表现得邋遢、懒散，他们首先从外貌上就会排斥你。

他们极其注重逻辑思维，喜欢跟人讨论很多事，如果你在过程中总是跟随他们的思维，而没有自己的立场，那么他们是不会喜欢你的。**他们喜欢聪明、拥有独立思考能力的人，他们喜欢强大。**

他们能在你犯很大错误的时候，表现得极其平静包容，但却会对一个细节计较到死，所以跟他们相处最重要的就是在细节上下功夫。

他们记忆力普遍很好，而且他们世界观非常实际。他们不喜欢结交夸夸其谈的人，在人际交往中，看重对方是否具备说到做到的能力，讨厌人不停地抱怨，或是一直滔滔不绝地说话。最重要的还是一点，你能不能接受他们的神经质。

他们绝对的死鸭子嘴硬，想让他们认错是非常难的，但他们也不是那种冷战到死的人，最终会回头找你，主动那么一点点，但真的，只有那么一点点。**他们非常会套话，套你话于无形之中，所以要懂得如何转移话题。如果他们不喜欢你，会永远屏蔽你。**但如果你曾被他们真心爱过的话，那么无论未来如何，你一辈子都会在他们的记忆里长存，犹如一团不灭的火。

理性之于我们

☆ 有了瑕疵，我们当然会一直盯着瑕疵看；有了缺点，我们当然会一直想着这个缺点；有了悲伤，我们当然会沉浸在其间难以自拔。难道我们有选择吗？在他人伤害你以后，转瞬忘记这个伤口？不能。我们有意让每段关系不留遗憾，但仍然免不了最后盯着已经坏掉的部分，心有不忍，但最终将之舍弃。

☆ 生命中的美好只源于我们理解到了真相，却从不深究它的全貌。

☆ 你偶尔也会怀着优越感看如今不懂事的对方，觉得她幼稚，然而所有懂事都是通过时间和取悦实习得来，你曾经也被动得要死，充满了猜疑、自卑、独占欲的品质，谁也逾越不出成长的宿命，该走的路一步也不会少。有一天你看别人就是看自己，相同的事再次重现，你就更加看清了自己往昔的局限，那或许就是成熟带来的睿智和包容吧。

☆ 总有些事成功了，有些事没有成功；总有些人离开了，有些人留在身边，我们无法一一占有。完美里缺一点，满足中少一点，我们在这些必须面对的事情中被迫学习适应能力。你不要太难过，你不能得到全部你想要的，这就像死亡一样正常。

☆ 有朝一日你动了情，千万先保密。在没搞清楚对方的底细之前，不要交出你的真心。

☆ 多年以后，你可能作此感想：我曾青春，我的肌肤光滑，我的身体洁净，我的心赤诚瑰丽，可是现在，容颜渐衰，色不如昔。愿你不要沮丧、遗憾，太多人辜负了春光，空耗了昨日繁华，而你，在你人生最饱满美好的时期，有人欣赏、陪伴、真心实意爱着你，这就是最大的幸事。也愿所有的年轻人，永远不要在你的人生佳期，停止爱情。

☆ 即使我们见了 / 要像没见一样 / 路过了 / 要像没路过一样 / 想念了 / 也要像没想念一样 / 我们之于彼此的生活 / 再不可能产生任何希望 / 没有希望 / 我们也都不希望再有希望 / 就像死亡之于复生的希望 / 陌路之于相爱的希望 / 都再不可能出现 / 也没有什么再会改变 / 亲爱的希望你明白 / 这就是永远 / ♏

贴心时刻

对你们说什么呢？可能你们已经蓄势待发准备挑我的用词、标点符号、图片、字体大小和比喻了……你们都是万能学霸、课代表。我想论表面笑脸盈盈内心 mmp，防线最硬最货真价实地排斥，嫌弃人类，你们一定是前三强！

有时候真不怪他们挑剔你的存在，你可能是真 LOW、真不入法眼、真心现阶段没让他们看到你的潜质和性价比。

可往往这些虚有其表的刀子嘴、嫌弃病、傲娇症，其实并没有掩盖他们那颗太容易相信的心。

口头上老子绝不付出，一旦付出，彻头彻尾的大龄儿童。你们的爱情精于前戏，苦于过程，难忘于余生。爱这个字，会成为你们最不屑又最放不下的烙印。

我给的建议，你们能听则听，或许你们听完也不相信，或许嘴上否定，心里思考了一下子，或许一下子就好。毕竟你最酷，要自信。

这就是我对你们的建议，就是这三个字：要自信。你们很好，在这复杂的人间生活，你们学会了很多应付的技巧；即使内心不想、不愿做的事，也能寻找到巧妙的妥协的点。你们总用一种攻击和防卫状态来表达对新事物的抗拒，其实你们只是担心，只是想太多，只是对一切不长久的东西都没有信心。

所以你们不敢轻易交出自己，总是一再试探，进一寸退一丈，纠结在去与不去、要与不要、断与不断之间，掐死自己的期待和热望。

你们可能是对人类的感情不自信、对承诺不自信，更可能，你们是对自己不自信：不自信被爱，不自信一切稍纵即逝的激情，不自信没有物质前提的信誓旦旦，等等。

你们要给予自己信心，无论这世上多少人黑你，你们有目标，有毅力，你们坚持的事情一定会开花结果，正如林肯说的那样：我走得很慢，但我从不后退。所以请给自己的能力、信仰、愿景以信心，请给自己爱一个人的方式以信心。我有时会担心你们在爱里太过卑微，因为你们不够自信自己的美好，试图用迎合取悦对方，其实你们表面大大咧咧里，掩饰着战战兢兢。

请给你和人类接触的方式一点信心，一定会有欣赏和同甘共苦的那个人出现。尽管你们已经非常善于和孤单共处，也不要在失信中选择自我放逐和无所谓。请给这个世界正在变好一点信心，给你的安全感的到来一点信心，给你绝望、看得透透的冷眼一点信心，生活和未来一定会渐入佳境。你要从形单影只的黑暗里，找到面对阳光的方式，在终会被善待和理解的远方，加入一点自己乐观的期待。你要把冰一样的灵魂，放进一个人殷勤的壶里，煮出人生最好的清茶，以慰你们一路的苦难和艰辛。

一定可以的。

永怀信心，以泪远迎。

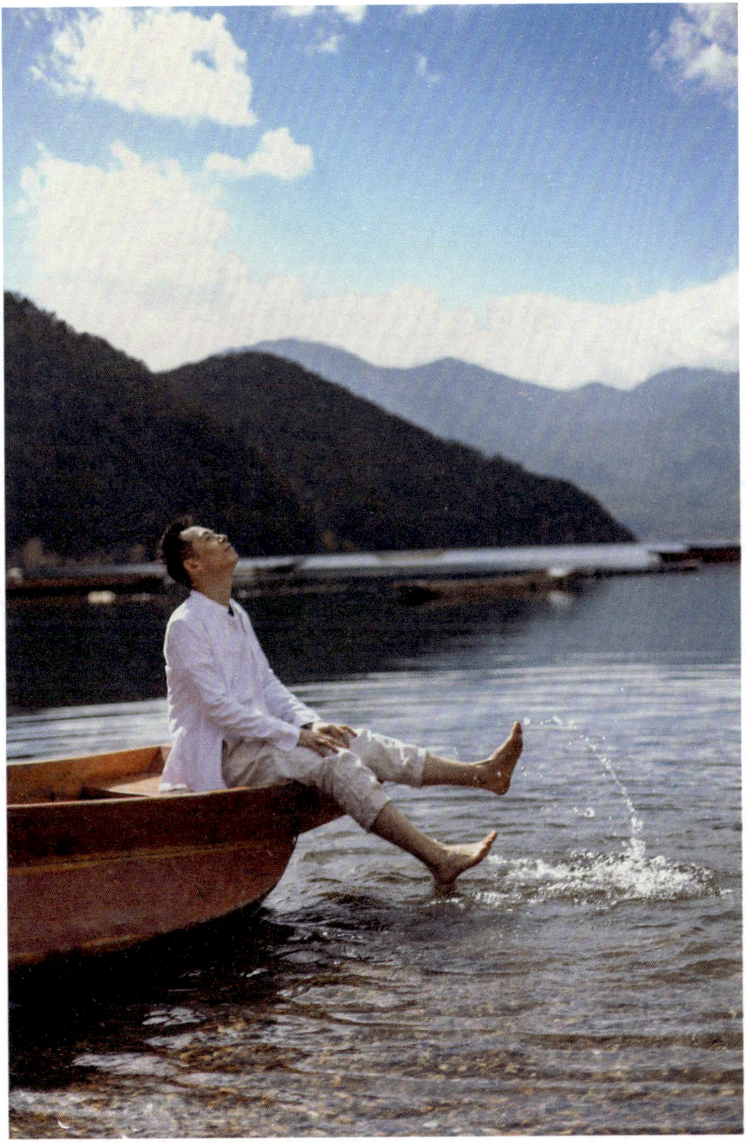

我们就这样成为朋友
没有任何联系的朋友

亲爱的，你知道吗？

你接触到爱情，

看到的不是爱，而是理想。

你爱的不单包含了眼前这个人，

还有脑海里对这个人无尽的想象。

你不断寻找和判断最平衡最佳的爱情方案，所以你可能会同时与几个人暧昧，周旋在这些人之间考验他们，再根据感觉决定最后的人选。而一旦你确认一段感情，会将心思百分之百投入到恋人身上。你会花时间、精力取悦自己的另一半，让另一半感觉自己是一个完美恋人。你为了取悦会做很多改变，甚至会在原则上做出妥协，在行为上尽力配合。

不安全感会一直伴随着你，这时常会让你陷入感情的怀疑和后悔。爱人需要不停地通过安慰和保证，给你吃定心丸。你不喜欢麻烦、复杂，有时欠缺一点目标，有时需要爱人给你指引。你观察力强，总能找准爱情的死穴，有时候就喜欢跟他人对着干，会心服，但永远不会口服。

你讨厌失约，讨厌他人给了你希望，又让你失望，这还不如开始就不要承诺。你不愿接受一切丑恶的、脏的、土的，不喜欢心胸狭隘，爱算计的人和事。你知道这个世界的黑暗，只是不愿意让自己相信，有时很孩子气。

你表面上会说不介意这个，不介意那个，但实际上你对很多事都非常在乎。你希望整个恋爱的感觉，一定是美好的。你也会付出一切去获得美好记忆，即使最后是残缺的美好，你也要守护。你会常常沉浸在过往美好的回忆里，爱得很投入，爱得很纯净，但你也是一个得到了会忘记珍惜的人，疏忽了对你好的人有多好，直到过后才明白。

你是一个不能长期处于孤独中的人，你的生活品位很高，有着完美主义倾向，敏感的艺术直觉，天生慵懒的特质，表面上看起来很浪漫，其实会很实际地考虑两个人的将来。如果觉得没有未来，你会干脆地放手。

你并不是一个安于平凡的人，但在刺激和安全之中，你总会选择安全。你思维周密，理性得可怕，却不善于做决定，有表现的欲望，喜欢成为公众人物，同时也有好辩的个性，反正千错万错，都是别人的错。

你是个被动的、慢热的、放不开的人，认识时间越久对你越好。**你在精神上经常处于焦虑、不安的状态，容易受惊，受不了在精神上被干扰。你一旦有了心爱的人之后，就会变得没有安全感，怕寂寞。**

你有依赖的习惯，喜欢陷在回忆里，幻想那些往日的记忆。你的内心很温柔，爱上一个人就希望能照顾好每个方面，但有时你会抓住对方的一句话一个举动，然后暗地里穷尽一切地分析，就像一个侦探，直到得出自己最确信的答案。你多疑，一旦被欺骗，很难再信任。你有一颗一意孤行的灵魂，下了决定就算全天下反对，还是会坚持。

只是我所了解的你

99%要看感觉，99%要看颜值，1%看现实。

据我所知，这就是他们。

他们是这茫茫宇宙间流浪的孩子。

一生追求安全感，永远的安全感。

他们在这99%里，会奋不顾身地忠诚，以爱为重，身体灵魂唯你一人。当他们认定你以后，决不更改，天涯海角，如影随形，他们做得出来。

他们会失去理智地爱和疯，恢复理智又如此淡和冷。一瞬间忘情无悔，一瞬间又看清结局。透彻而矛盾，绝情而温柔。

他们一生信奉爱情至上，没有感觉，宁愿孤单。爱上便是飞蛾扑火，为了成为对方心中的完美，干柴烈火，努力迎合，但不要忽略那1%的现实。

爱的感觉与激情，终究会在人生历练中，慢慢成为心底的冰山，波澜壮阔，但埋得很深。在一切爱的灵肉欲望、浪漫幻想的后面，他们终其一身，只追求一种感觉。这种感觉来自对这个动荡世界的深刻理解，对成全自身的终极选择。

放肆的他们只追求安全感，在生命的精彩疯狂与从容温暖之间，他们的灵魂也会比较，他们能够忽然从天真走向老到，毫不犹豫地选择让心灵踏实的一边。

所以他们忽然不爱了，不是因为你不够好看，不够带来感觉，不够物质殷实，而是你没有给予他们最所需的安全感。

⚖️ 完美并不美

爱情里本身没有顺从，直到他们爱上你；爱情里本身没有温柔，直到他们爱上你；爱情里永远没有完美的情人，直到他们爱上你。为了成为完美，他们终身努力，哪怕衰老，也要优雅。

尽管世间充满了丑恶，他们没有能力改变一切，也会要求自己的身心如莲，出淤泥而不染，只有他们配得上这两个字：高洁。质本洁来还洁去的洁，或许你有时会觉得他们高傲，有时感觉过于挑剔，但他们在感情里，总是念着一个人的好。理解他们，便要理解他们的眼睛。他们看见的都是梦幻，向往高尚，向往远方，向往一个充满安全感的怀抱和依靠，得之我幸，死心塌地。

他们接触到爱情，看到的不是爱，而是理想。他们爱的不单包含了眼前这个人，也包含了他们脑海里无尽的对这个人的想象，不断美化自己所爱的人，也美化自己的爱意。为美而生的他们会失望，因为想象终究抵不过现实。

每一个沉默的他们，忽然冷下来的他们，都是因为梦碎了，一地破碎的梦幻，无论怎么拼凑也会一生带着裂痕。他们把破碎的心放到阳光下，光从裂缝里照进来，他们望着那些伤痕，永远怀念着初心。直到最后他们也永远不会甘于庸俗，甘于琐碎，甘于平常。他们的人生必须追求美好与梦想，哪怕现实惨痛，哪怕孤独永随。他们的心里深处，住着五个字，永恒的完美。

愿你纯洁的灵魂可以遇见一个将你捧在手心的人，希望你历经人间苍凉，会有一个天使终来爱你；愿你温暖别人的心会有人温暖；愿无人胜过你对爱情的坚持，可以赢得人生一份永不将就的爱情；愿你依然如故，愿你表里如一，愿你今天明天未来的每一天都保持那颗阳光、上进、不甘平凡的心，在时而明媚时而忧伤的现实世界，做一个简单勇敢的人。

⚖ 他们大多有一颗赤子之心

7/12 的男生不管做什么都嫌麻烦，但认真起来会以 200% 的精力去追求完美。对别人好是他们的习惯，如果不是什么大事往往会答应。他们容易记仇，几年前说过的话都能翻出来，所以不要轻易许诺。他们厌烦说谎，有着准确的判断力和联想力，愚弄他们等于愚弄自己。

他们公私分明，不会因为你是谁谁谁而包庇。他们喜欢成为焦点，爱护朋友，很注重个人形象，比你看到的更易害羞。他们能通过你不经意的动作、语气看出你的想法，**内心细腻缺乏安全感，但自尊心超强，冷战决不道歉**。他们和你暧昧的承诺你就当广播听听，对你的好就当昙花看看。如果你一认真，他们就想逃避。他们的犹豫只是源于不确定，并非有意让你煎熬。

他们不喜欢弱者，喜欢依附强者，对金钱比较计较，对喜欢的事能一直坚持，但如果没有目标，没有外力助力，容易自甘堕落，难以成事。他们喜欢过分解读，疑心重，无论感情还是生活中，恨不得你把心掏给他们看。

他们看似顺从，其实逆反心理很强，温柔下面会有非常锐利的一面，有时会让你感叹他们是不是没长心。他们不会无私地付出，付出是要回报的。跟他们相处，尽量表现得主动强势点，如果没有颜值，最好放弃，他们天生拥有异乎寻常的审美力。

他们不喜欢复杂的东西，只要事情不是按着自己的意思来，他们就不满意，追求和追到手完全是两个人，但他们最终想当好人，所以觉得对不起你，会愧疚难当，对你爱护备至。要让他们毫无保留爱上你，很难，然而一旦做到，他们会认定你不放，可以穷追猛打唯你一人。

他们其实是个特别容易满足的人，大多有一颗赤子之心，在他们心里总有一块地方特别干净，特别纯洁，没有一点人间污秽、七情六欲。

人的一生都可以说是孤独的，

毕竟所有珍视的最后都会消失。

⚖️ 因为追求完美，所以对自己苛刻

7/12 的女生她们的心很远，没个好几年，她们心里是不会把你当作最好的朋友的。她们渴望友情，又不喜欢人群中的感觉。她们可以把自己冷静地抽离出来，去看周围的人和事，维持表面的热情，内心却拒人千里之外。她们就是如此外热内冷，异常高冷，容易对人产生好感，又不会很持久。

她们在家邋遢，出门必须美，总在自我欣赏和自我否定中摇摆，时而觉得自己是最完美的，时而又觉得像小草一样不起眼。**她们打心底里讨厌人情世故，但逼到那一步，她们又可以比谁都会人情世故。**

她们是绝对的颜控，喜欢一切漂亮的人和东西。不喜欢麻烦别人，却拒绝不了别人的请求。她们确实会选择困难，但这不是重点，重点是她们认死理，不坚定中充满着某种坚定的固执，自己认同的事很难被改变。

她们很会说话，分析事情条条有理，但大多数时候不会负责处理你的情绪和苦水。她们更喜欢从头到尾帮你梳理，告诉你哪些是你不对，哪些是对方不对，给你上一课，得出一个客观公正的结论。看起来大条实则心思细腻的她们，守时，而且内心清高，掩饰的能力极强，不管她们喜欢你还是不喜欢，你都很难察觉到。

追求人生有一个好伴侣的她们，讨厌偏激、情绪化的人。她们是个

你值得被这个世界更好的对待

以夫为重的女子，可以是温柔可爱的小女人，也可以是辅助你事业的哥儿们。她们可靠而不自夸，给你最好的建议，也不抢你风头。

她们很难讨厌或者恨一个人很久，每次因为生气，总会想起对方的好，也最是善良。但她们也有不成熟的时候，稍微受点刺激，让你也知道兔子急了咬人也是很痛的。**她们就像一根暴露在风雨中的肋骨，只有不停地深藏和伪装，才能来保护自己不受伤害。**

我想和你好好的

他们喜欢在别人面前表现得懂事、低调。因此想跟他们好好相处，要给他们表现自己的机会。他们非常注重自己在别人心目中的形象。

他们是爱美的人，要懂得夸他们。他们的生活节奏也比较缓慢，所以有些事不要逼得太紧。不管是直接的、间接的、太尖锐的批评他们都是很少能承受得起的。**如果你跟他们相处，却不能帮他们下判断，做选择，那么对他们而言会感觉有很大的负担。**

他们的性格决定了一些微不足道的事，都会让他们感到不安。他们遇到事情心里会一直悬着，放不下，情绪波动大，所以要给予他们足够的安全感，帮他们理清思绪。**当他们开始依赖你时，你已经成为了他们最重要的人。**

他们是一个喜欢轻松生活，注重品质的人，如果你总是干涉他们的社交和娱乐自由，他会有很多不满情绪。他们讨厌朋友对自己撒谎，不喜欢别人同情心无节制地泛滥，还有一味地打探隐私。他们希望以诚相待，不卑不亢，彼此都留有空间。

他们的目光非常准，常常一眼就能抓住重点，这可以让他们成为提意见的好帮手，但他们有时做事不够专心，缺乏一点坚定，有机会主义倾向。他们对爱人的依赖和黏人是超乎寻常的，对爱情是理想至上，希望热烈至极又纯洁至极，但最终他们不会选择那个轰轰烈烈的理想，而是会转身走向那个给他们稳定生活的现实。

完美之于我们

☆ 有些地方一生只会去一次，有些人一生只能遇到一回，当我途遇千百个人我才了然，我仅是希望在自己最好的时候遇见你，被你珍惜，难忘，视之为宝。

☆ 总有些事成功了，有些事没有成功；总有些人离开了，有些人留在身边，我们无法一一占有。完美里缺一点，满足中少一点，这些都是必须面对的事情中逼我们学习的适应能力。你不要太难过，你不能得到全部你想要的，这件事就像死亡一样的正常。

☆ 在一个人一生一世的感情来临之前，和倒贴得百般心碎的感情之后，总会有个疗伤的贵人出现。她把你的注意力从对旧爱的焦点中带回现实世界。能让人起死回生的往往不是爱好不是工作，而是过渡的恋人。你不会最终和她走下去，但她却是你人生中经过的一座善良而寂寞的桥。

☆ 所有触动灵魂的时刻都需要等待，甚至漫长的酝酿。你不要想见一个人就去见，想爱一个人就去爱，容易的开始必定归于轻浮的结束。

☆ 亲爱的，你知道吗？一个人的梦想陷入不能遂愿的困境，迷茫和意志的消沉都会使人痛苦；不被自己爱的人爱很痛苦；生离很痛苦，死别更加痛苦，但最痛苦的还并不是这些，我觉得最痛苦的是：你进不来，我也出不去。

☆ 当我想你的时候，我知道，在这个不堪与美丽的世界中央，有一个温柔的秘密，说话的人感觉不到，只有风以它的方式，阳光以它的方式，万物以它们的方式笑而不语着。我知道，一言不发才好，沉默就是相思的月老。

☆ 每次抬头看见这个城市的星夜，其实都不只在看着眼前的这片天，还看着我生命中曾见过的最美丽迷人、满天繁星的海边，看着我的追忆、我的白日梦，这就是旅行的意义。我的目光从此不再只包含着庸俗的现实，每一个曾经到过的地方，都燃起了我将走得更远的理想。我爱这片自然，即使人生如此短暂。

☆ 爱是一个人的事，爱情才是两个人的事。我可以坚持爱你，但我坚持不来爱情。

贴心时刻

我需要拿主意的时候，常会让你们帮忙看看，提提想法。挑剔和审美力不输世上任何人，总是给你当头棒喝或者拨云见雾的能手，给你们什么建议呢？我怕提一个建议，你们便挑剔这个建议不够，或者干脆用"我觉得最好的建议就是你别给人提建议"的建议把我怼回来！不好打发，不好糊弄，眼明心亮的 7/12，不好对付。

但我还是要硬着头皮说，你们一半是现实一半是诗意，一半是灰色一半是彩色，一半是孤独一半是融入，一半是青史留名一半是超凡脱俗。看重人间的一些什么，又可以看轻它们；执着于人间的一些什么，又能挥一挥衣袖什么都不带走。莲花配于你，在它干净，你们永远干干净净地活着，从皮到骨，从骨到魂，有高洁之理想，纵然世间妖魔横行。

所以，你们必然会感到强烈的不安全，不安全是因为你们是怀疑论者，你们不相信是"真的"，无论爱情还是承诺，所以你总是需要一些感到安全的线索，才愿意敞开心扉。这样的不安全感，也限制了你的选择，你的抱负，你的主动。所以我希望你审视舒服活着的意义，希望你重新理解"压力"两个字对你意味着什么。你们非常向上；同时你们也容易墨守成规，害怕改变。

大海中没有岛屿，你们怀揣着满满的不安全感，才让你小心驶得万年船。但你总在自我否定，因为过于肯定自己，也会带给你强烈的不安全感；你们的骨血里担心"失去"，担心"辜负"，担心"敷衍"，担心上一秒钟坚信的下一秒钟破碎了。你们是理想主义的孩子，理想至高无上，只是需要保护。

愿有人了解你天真的本质在不顺从的铠甲之下，那颗永世不安的心；愿有人为你揭竿而起、战死沙场，一世不离。

我有所念人，隔在远远乡。
我有所感事，结在深深肠。

一生只爱一次
一次爱一生

亲爱的，你知道吗？
他人总说你的欲望是黑洞，
永远神秘无法填满。
其实你的本质属于家，
你只想要一个家，
一个超越物质的精神依托。

你拥有持久的忠诚和爱，也许他们会做很多事来试探你，看你的爱投入的深浅。不要试图隐瞒或者欺骗。你记忆力惊人，能记住很久前的小细节。刺探是你的本性，你是属于会翻看他人电话和皮夹的人。

你尽管霸道，有时还有点毒舌，喜欢吐槽别人，控制欲超强，好奇心强烈，但你要相信，你其实是爱你身边的人。虽然你在关心人方面做不到无微不至，但也算体贴，好吃好玩的都会想着给他们。

虽然你不会花言巧语哄爱人开心，却能提供解决问题的办法。**最重要的是，如果爱情与面包不能两全，你也会紧紧拥抱爱情，然后拼命去赚面包。**你真的舍得为爱人花钱，你的爱也真的很深，只是有时会把人溺得透不过气。

你自控力强，大事小事都要过问，其实爱上一个人以后超级黏人，又死不承认。你在感情里决不轻易低头，也不服输。并不是说你狠心，只是你心里有一份"宁为玉碎，不为瓦全"的坚决。

跟你相爱，每天都要纠结于"他一点都不爱我！他好爱我啊！"你看看他人眼神就知道他人想要什么，不喜欢被爱人否定。**如果分手，对方不主动找你，这辈子都可能不会再联系。**然而，你想的更多的是：哼！放弃我是你的损失，后悔一辈子去吧！

你宁可孤独，也不违心。你的洞察力非常强，个性强悍、好胜而不妥协。你的嘴巴比较毒，吐槽王，一针见血常令人感到难堪。好冒

你值得被这个世界更好的对待

险，内心拥有狂妄的梦想，自尊心爆强，有时会给人一种难以接近的感觉。

你表达欲旺盛，利用别人的能力高超，喜欢拥有主导权，喜欢影响别人，喜欢给别人做决定。绝对避免吃亏，天生隐秘型的战士特质，一旦下定目标决不轻言放弃。有时对社交缺乏积极性，过于忍辱负重。你拒绝被任何人操纵，对很多事拥有自己的看法，而拥有自己看法的理由，就是为了推翻别人。

你最了解如何瞒骗，最不肯妥协，也最能接受冷战。你在情感上多愁善感地敏锐，却以自我为中心。你思虑周密，体贴，爱吃醋，嫉妒心强，但尊敬诚实的人，喜欢对方的诚实，情深义重，超难忘记一个人。一旦被失恋的痛苦折磨，恨极又不甘心到极致，可以持续很长时间甚至几年。

你爱上一个人，展现出强大的偏执与自我，不是全部的爱就不是真爱，要求对方绝对忠诚，容不得挑战，也最会强装镇定。无论前途多坎坷，你会陪对方一起闯，是真的至死不渝。

只是我所了解的你

他们的爱只有一个词，那就是"迷恋"，纯粹而深度的迷恋。迷恋是贯穿你人生最重要的一种状态。在爱里他们是非常极端的，没有所谓纯粹精神的爱情，精神必然带着激情的肉体缠绵。

对他们而言无法拥有的东西，就没有存在的意义，他们的爱就是强烈地拥有，强烈地占有，强烈地独享。仿佛一阵潮汐向你涌来，那片澎湃不至于把你吞没，但你能感觉得到它们的威力。

他们不在乎为你付出金钱，送上重礼，为你的满足而满足，从身体到灵魂，可以一心一意。他们的难忘无论过去多久，依然有生生不息的温柔与不舍。但是他们即使最爱你，失去你，再见到你，重新爱上你，也可以转身离去，为什么？**因为忠贞是他们极度看重的，复仇之心也是。**

我一定要在失爱的火焰里涅槃，直到有一天活得让你对我刮目相看！这是他们最真实而潜藏的写照。这份内在极强的驱动力和报复心，让任何一个被情感伤害后的他们，拥有惊人的向上能量。

他们太容易把事情往坏处想，你的一举一动，你的只言片语，都可能刺激他们敏感的内心。他们内心的黑暗像一个漩涡，哪怕一个字，也可能断送你们之间的信任，所以对待他们，要单纯，再单纯！黑暗无边，唯光可透。只有纯真魂魄，才能深得他们的心。

☘ 他们所有的冷血，都是拜你的忽略所赐

不管他们是不是高大威猛，不管他们是不是坚强自立，不管他们是不是需要，只要是他们认定的那个人，就要保护你，用他们毕生的信念做你的铠甲，为你挡风挡雨。为你刀山火海在所不辞。他们拿你当作容不得侵犯的领土，拿你当自己的传家宝，当夜空下最亮的夜明珠。

他们知道人生那一段长长的日子，你既走不出来，别人也走不进去，忘不了，放不下，重重压在心口。他们爱一个人，就要为对方修一座城堡，邀请住进他们的心里。

他们的爱总是盛情带着一种英勇。只是他们走了，离开了，心里的那座城堡还在，所有记忆还在，他们会守着一座空城，一年两年很多年。他们会为没有归期的人，打理一座回忆的城。他们有最理智的灵魂，却中了痴心的毒太深。

他们放过往事，放过自己，放过倔强的爱，也放过对人的恨。如果一个人不给他们宣判死刑，一个人不确确实实地对他们说，我从来没有爱过你，他们真的可能等对方一辈子。约定是两个人的事，但他们还是固执地一个人在坚持。

人们都说他们的欲望是黑洞，永远神秘，永远无法填满。我却想说他们的本质属于家，他们只是想要一个家，一个简单的陪伴，一个点滴经营的空间，一个超越物质的精神依托，一个在他硬撑后面，

能时不时抚慰他的手。有了这些，就能化作力量，让他们去跟这个世界打拼搏斗，赢得尊严，赢得属于自己的认可。

他们所有的冷血，都是拜你的忽略所赐；他们所有的狠劲，都是拜你的漠然所赐。最好的他们和最坏的他们，都是一念之间，都是一句话而已，仅仅可以因为你的一句话，从此井水河水，阴阳两界，天各一方，所以别跟他们放狠话，让他们做你的勇士，做你的知己，做你灵魂迷航时掌舵的船长。

🦂 他们为爱情不择手段

8/12 的男生表面上沉默不语，呆头呆脑，实际上内心早已有了所有安排，并且你阻挡不了他们按照自己的计划执行。永远不要低估他们的幼稚程度，和真正的好友相处时，可以幽默到你无法想象，跟他们交往，要做好一言不合就从此陌路的准备。他们比你想象中的还要敏感脆弱，总觉得外界不怀好意。而谁对他们放下防备，他们可以单纯地对人非常好。

他们的嘴贱贱的，自负又萌蠢，时而暖男时而腹黑，喜欢你 10 分能表达 3 分就谢天谢地了。他们内心翻江倒海特丰富，表面却憋着，感觉都要憋坏。他们喜欢让人猜，成天一副你自己体会的状态。你忘记接电话，他们都能故意不接你电话。别的小伙都在打游戏，他们在逛博物馆。别的小伙看网文，他们在看名著。他们就是极有自己的见解和感想，你说什么都会被他反驳，他们就是希望你听自己的话。

他们对认定的事很坚持，富有专一精神，会把事业看得很重，而且很有目标。他们不喜欢爱人黏自己，希望对方能独立。比较注重安全感，做什么都需要你让他们知道。他们内心的占有欲极强，多疑，吃醋可以吃到外太空，擅长高智商地套话，喜欢你的时候会把你整个调查一遍。

他们为爱情不择手段，有时明明想安慰你，说出来的还是毒舌，也会说好听的，但那是在极少数的时刻。他们都有自己的脆弱和苦痛，但在外面不会表现，无论你如何坦诚，他们也不会暴露自己的软肋。

他们随着年纪的渐长，越明白做人需要表面的掩饰，和他们交往，不要吝啬你的热情，你需要把感受讲出来。他们执着，长情，记得住你的喜好，可以给你洗衣做饭。

他们是属于愿意为对方燃烧自己，勇敢热烈付出的，而且父爱泛滥，可以分分钟把你宠成小公主，让你觉得是世界上最幸福的人，同时也会让你觉得落寞，**深情也是绝情，两情相悦也是两败俱伤，爱到无法无天也是虐到体无完肤。**

🦂 最理智的灵魂，却中了痴心的毒

8/12 的女生真诚而率直，表面一副迷迷糊糊傻大姐的样子，懒得伤脑筋去跟别人计较什么，但其实心里非常清楚。她们防卫心重，不管是对自己或者对别人的批评，都是直接赤裸而残酷的。

她们不喜欢遭人同情，不喜欢不发表意见没有主见的人，她们可以看穿你脑子里想的一切，特别懂得把握一个人的心理，也善于拉拢人心。她们很注重内在，就像一群可能一开始让你忽视，但到后来让你重视的人。

她们会被寂寞攻心，她们的矜持打不过孤独，但她们心里是黑白分明的。第六感超准，准到她们自己都害怕。她们是有一点多疑的，一旦投入爱情便迫切地想要了解对方的所有，无法忍受丝毫的隐瞒。而她们的秘密，可以守口如瓶，守一辈子。

她们吵架的时候，句句话都像刀。冷战，也是她们的看家本领之一。她们对自己的男人有一点支配欲，希望你的事她们能参与，绝不是为了凌驾在你之上，她们只是渴望你照她的意思去做，担心你太独立离她太远。**这一切的矛盾，都源于她们强烈的占有欲。**

她们表现出的勇敢令男人都望尘莫及，但若真心爱上你，即使全世界反对，都不会让她们动摇。她们是记仇，但并不喜欢报复，她们只喜欢自虐，前任是她们永远的伤。在感情里她们太强调走心，只有对方强烈地、明确地表明爱以后，她们才会交出自己。

她们内心的情感，比你看到的要强烈很多，所以有句话说：每个人心里都有团火，路过的人只看到烟。她们就是如此，一生只爱一次，一次爱一生。

我想和你好好的

他们自尊心非常强，一旦出现矛盾，最忌讳就是硬碰硬的模式。他们所有的狠劲与好斗心理，会在强势对抗的过程中完美激发。他们决不愿成为率先认输的那一个。**如果你选用柔和、沉稳的应对方式，结果绝对大不相同。他们也会让步，这是有可能的。**

他们本性多疑，挖掘真相与保护隐私是他们安全感的来源，所以讨厌特别不把自己当外人的，问隐私，没有界限感的人。**他们对单纯、直率的人往往在第一面时就会获得天然的好感，对他们开诚布公是最好的态度。**

他们的目标性非常明确，从心底不喜欢左右摇摆的状态，他们的世界是黑白分明的，非常了解从他人身上能获得什么，而自己又能给对方什么，跟他们相处如果你们本身并不是互利互惠的关系，那就尽可能单纯一点，不要触碰他们的个人利益。他们非常厌恶想从自己身上寻找可以利用资源，然后利用的那种人。

他们的生活往往是规范而充满计划性的，所有的事情都会安排得井井有条，那种想一出是一出的人，他们并不是很欣赏，太过善变的特质会让他们相处起来有压力。

他们也是善妒的，所以在他们面前尽量不要过分地夸别人，他们讨厌外人揭短，还愣充直接诚实耿直，他们其实不太喜欢对方过分的依赖和要求。

他们特别愿意改变你、控制你、影响你，就看你的个人意志接不接受，能不能吃得消，同时他们也很会宠你，宠你宠到爆，也许方式不一定正确，但一定比较独特。当然他们讨厌背叛，对这种行为极为厌恶，报复心也最强。

忠诚之于我们

☆ 秘密就是从它一开始直到死，没有第二个人知道。凡是有第二个人知道的所谓的"秘密"，只是还没有宣扬开去的故事而已。真正的秘密，就是生命沉默的陪葬。

☆ 人要变成自己曾经最厌恶的样子，是一瞬间的事。我突然领悟到，无论未来自己从事何事，无论你能达到哪个境界，人永远不该轻视自己过去的信仰，永远不该以此刻所谓的正确去打击那些所谓的错误。命运只眷顾坚持到底的人，笃定着某种坚实信念的人，他的人生必定不凡。

☆ 好多人这一页已经翻过去了，你还在这一页；他们早已抛之脑后，你还强记在心。人和人不同，有的人前一天分手，第二天便能寻花问柳；有的人却并不，他们就是记得深，忘得慢，决不轻易忘记别人的冒犯和愤怒：要么不记，一旦记便是死结，永不要指望在他们心里翻身。

☆ 我曾虚伪，急功近利，有你不为所知的心机，但是每当想起你，所有内心的晦暗宛如晨光照耀的吸血鬼，灰飞烟灭。我对这世间失望，了解人和人不过互相利用，但是只要想起你，我强撑着的那永不认输的铠甲，都愿意放下。你是一颗小小的太阳，只有戒指那么大，一个人若被什么温暖了，他就甘心不遗余力保护它。

☆ 你给我的和别人的一样，我就不要了；给得不及时，我就不要了；没想好给什么随便给一个，我就不要了；以为给了万事大吉，我就不要了；给完马上提要求，我就不要了；给了有天还要收回去，我就不要了；嘴上说要给却一再失约，除了不想要，也不想听了。若不走心地给不如不给，被低估的拥有，不如一无所有。

☆ 从来没有什么，在一切结束后需要被人一定知道，但你一定要知道，你在我的心里是不死的，你也一定要知道，什么都再没有复活的必要。

☆ 我不断经过一个又一个的失望，我知道度过这一个，还有无数个失望等着自己。失望是与我们生命自始至终形影不离的感受。唯有我们躲不开的东西，使我们坚强无疑。♏

贴心时刻

总是你们给别人提建议，要接受建议，一定比较困难吧。8/12，你们是那么容易交心，又是那么深不见底；那么容易说出感人的言语，又能咬着牙用笑抵挡很多问询，佯装无事。这世上没有什么能动摇你们，唯有爱情。

你们真奇怪，你们身穿人间最坚固的铠甲，却把最柔软的心事双手奉上给一个人；能伤害你的，从来不是能力，只是仗着你的喜欢。

我希望你们慢慢领悟"走出来"这三个字的意义，过去的一些经历让你痛苦，你遭受的排挤、冷眼、不理解、不信任，都曾让你躲在灵魂的黑暗角落疗伤。你曾孤立无援，孤苦无依；你曾见过人生的每一份偏爱都不属于自己……纵然如此，你们也不要绝望，不要丧失对人性善的相信；因为你是解救者，上天的苦待一定源于给你委派了任务。

请接受人生的巨变。我知道你只听从自己的心声，但人生不可能不变，曾经的爱人，曾经的好友，曾经的美好，都已沧海桑田，物是人非；其实你所相信的、执念的世界，都不会因你的执着而不变。你的苦，大多成了自我惩罚的苦，你用过去的相信捆绑自己，你希望别人和世界如你想象一般的倒影，但是他们都变了，你没变：这就像活了几个世纪的吸血鬼，你看着每一个人都衰老，而你的心，永远年轻。

记忆是太美的画面，看得太深会落泪。你的眼光太高，心太骄傲，这也是为什么我希望你"走出来"的原因。走出你的孤寂山丘，走出你的沉默深海，走出你口是心非也曾遍体鳞伤的往事，走出偏爱一人到失去自我的疯迷。

走出来，你才会知道，我们都会失去所有，无一例外，真的。但你，今生今世，也不会失去温柔；纵然天涯路远，纵然车毁马亡。

那时我们还不会爱，却遇到了想爱一生的人。

一辈子都爱着
不爱自己的人

亲爱的，你知道吗？

你是向阳花，花开花落，不悲不喜。

永远闪耀在人的心里。

相同的经历，

别人会痛苦死，你只会淡淡一笑。

你会因为深爱一个人而原谅他的背叛，会因为别人一句安慰的话付出很多。你爱玩，在玩的同时也希望把那份好心情带给他人。你是不被了解的，但你不会怨谁。你会认为都让我承担吧，别让别人也受到伤害。

你拥有相当自我的灵魂，你可以是最慷慨的，不管在物质上或是情感上，但却无法给他人承诺。你是个理想家，另一半的唠叨、嫉妒以及怀疑不会对彼此有什么帮助，只会让你们渐行渐远。与你相爱，如果两人之间信任的桥梁不够坚固，便到不了幸福的彼岸。

你自带好人缘气场，如果没有太过主动给你带来压力，那你会主动去依赖别人。你的恋爱观是：对方得比你强，还得比你有趣。你高兴的时候希望对方陪你玩，不高兴的时候对方不能动你。

婚姻对你是一个鲤鱼跳龙门的过程，你会完全变成另外一个人，收起自己自由的翅膀，成为一个模范伴侣。如果没有度过冷淡期，其他人看不到你最好的一面。你最好的一面是从决定与伴侣相守的那天开始的。

你习惯压抑自己内心的创伤情绪、烦恼和不愉快的事，不愿意带给别人，典型的"把悲伤留给自己"。**你一直在寻找真正精神合一的伴侣，而这个伴侣，就是那个能一眼看穿你面具下真正孤独灵魂的人。**

你的内心是骄傲的，只不过不会表现在脸上，外在总是随和、恰当、幽默，可是内在有着极强的自尊心，敏感，也情绪化。你拒绝低俗、粗鲁的事或人。你希望一切都是高尚的，值得品味的。真正能让你觉得值得交的朋友或谈恋爱的人很少，虽然你表面上亲切温和。

你不拘小节，不会有什么大的心机，天性乐观，热情如火，总有用不完的精力，也有轻易放弃的习惯。你一生都是一个追梦人，但不要忘了你也有现实的一面，精于算计，并且很高明地隐藏着。

如果可以借巧力完成的事情，你决不会多花一点工夫，所以有时你也给人耍小聪明的感觉。**你一直都在考虑怎么花最少的精力去达到最好的效果，所以你可能看上去会让人觉得有点懒，但你的大脑从来没有停下思考现实的事情。**

你对恋人的挑剔，源于对爱情的挑剔。你害怕失去自由，是个大孩子，天真善良，遇到爱情时，可能让人感觉不认真。你其实很想爱，只是需要慢慢卸下带刺的防备。你做事干脆，温柔的外表包藏着野性，舍得为爱人花钱。唯一的缺点，就是心无城府，一张嘴好话坏话全出来了，得罪了人还不知道。

只是我所了解的你

无论能力是否充足，他们都喜欢默默承担，喜欢把一切扛起来，吭哧吭哧往前走，被生活压弯了腰也好，陷入深不见底的压力也好，从来不多说一句话，淡淡地，只是继续沉重地努力，或者等待命运的转机。是不是评价有点高？但没错，这就是他们。

他们有一种顽强，在外人以为的"玩世不恭"后面，有一种认真，被叛逆藏得很深，他们不是最有野心的，即使不争第一，也决不允许自己堕落。

如果和他们相处，一定记得他们最重要的一个特点：骄傲感。放在古代便是刎颈之交的刺客，放在《权力的游戏》里，便是忠诚的骑士。诚如那句誓言，从此我就是您的人了，我会保护您的安全，危难之际我愿奉献我的生命，以新旧诸神之名，我郑重起誓。

他们的骄傲感是从里至外，深入骨髓的心灵排他感与贵气。他们即使遭受生活最艰难的击打，也决不放弃内心高要求的最后一根稻草。他们在这个世界里能屈能伸，忍辱负重，永不失去心灵之光。

他们是和光同尘的典范，看似不露锋芒，与谁都和平相处，但心里的山巅，冷冽刺骨，不是谁都能与他们相提并论。所以他们是如此分裂而又统一地活着，为了人间的种种生存去适应与改变，分裂自己，但内心又永恒坚守，不时地将自我统一。他们不是最极端的，他们希望可以适应人世规则，而又能守护住那片纯真。

🏹 一生大苦，一生慈悲

时光很难也不会退，命运艰辛也只管向前。有人怕死，他们却无畏死亡。今生活着便顺遂自己，来生变成风沙，也不可惜。他们把一切看得那么淡，好像眼泪还没干，就可以重新露出笑容了，好像苦难砍在身上的刀伤还没好，就能下床蹦蹦跳跳了，死神看到你，都会无可奈何。他们是向阳花，花开花落，不悲不喜，永远记在人的心里。

他们看得开，想得开，相同的痛苦经历，别人会痛苦死，他们只是淡淡一笑。他们会在其他人抱怨世界时，不伤不恨默默前行，知足心安，永不放弃。

他们的一生是不被理解的。他们把童心装进盒子里，把盒子装进心里，把心装进这个江湖，所以他们很老道。你如果不用心，不可能打开层层的锁，看见那个无依无靠的顽童。

他们无所谓的是整个世界，有所谓的只是一粒米，而为了这一粒米，他们可以对抗世界到底。他们咽下的苦会为你开出一片花海，他们走过的艰难会变成你头顶的冠冕。他们是迟来的王者，那个王国里也有美好的蓝天和白云。

他们因为懂得一生大苦，所以坚持笑对一生；因为懂得一生太难，所以坚持一生慈悲。请永远向前，如骑士一般，带着满满的荣誉

感，即使当他们老了，刻在脸上的皱纹，也不会刻进他们心里。

🏹 他们从不忧伤，只是单纯没心

9/12 的男生都拥有一套自己的强大逻辑，并试图对你洗脑，不让你管，但不一定说得过你。他们就是要跟你抬杠，反正不愿顺你意，你越想要什么他们越反着来。他们人缘俱佳，理财方面有规划，不乱花钱，会存款。

他们需要的并不是你对他们生活上的照顾，更需要的是一种精神上的肯定和欣赏。所以不要寄希望于他们对你无微不至的体贴。他们不属于你用心良苦就会对你感恩戴德的人。贴心情话，嘘寒问暖从来不是他们擅长的事。他们就是爱自由，爱新鲜感，有的人也许会在束缚面前慢慢妥协，但他们只会想方设法地逃开。

他们喜欢你有点黏人，又不黏人，独立自主，能幽默地接他的哏。你可以跟他们对着干，但又不要太作，不要试图依靠他们。他们很理性，有时甚至会感觉冷血，也会苛刻地观察身边每个人。他们容易受人影响，遇强则强，所以你要做一个转陀螺的人，给他们要求和鼓励的作用力。当你给到他们的信任越多，他们就越坦诚。当你越放他们出马，他们越是勇猛的战士。

他们心中都有自己的目标，想要就会坚定地去追，乐天派的他们，

愿往后的时光，都是崭新的。
去记录、去寻找、去做梦，
愿我们都能成为活成最好的样子。

肯定和否定的确定性也很高。如果对你厌倦了，他们会毫不留情地转头就走。所以你可以时不时对他们好点，时不时忽略他们，忽冷忽热，伤一下再给颗糖。他们就会觉得无法掌控你，然后对你很上心。**他们总是一辈子都在爱着不够爱自己的人。**

其实沉下心的他们，会让你感受到这个世界深深的爱意。不过你想多了，他们根本不会沉下心。他们不像其他男性那样时而逃避但内心忧伤，他们只是单纯地没心。

她们追求自由的身，都有着孤独寂寞的心

9/12 的女生天真直率，幼稚少心机，一副天不怕地不怕的样子，容易相信人。出了名的心直口快，容易得罪人。她们对世界充满好奇，缺乏戒心，自律性很高。不管你是她们的亲人、恋人，还是朋友，她们的心里都有一套自己的规则，要求很高，并且追求公正。

对于她们来说物质只是一种需要，她们有的不会炫耀，没有的也不会羡慕他人。**她们拥有百搭的人格，属于社交场上的红人，却不善于承受压力。**她们追求自由的身，却有孤独寂寞的心。随性是她们的生活准则，喜欢就是喜欢，讨厌就是讨厌，不会做作或矫情。

她们对感情不会拖拖拉拉，最不可能吃回头草。她们常会爱一个家人反对，朋友也不赞同的对象。她们不会对另一半百依百顺，也不会按常理出牌。**她们情深似海，有时冷酷如冰，再痛苦的事，她们**

也可以突然就想开了。

她们对甜言蜜语、肉麻的情话基本不感冒，如果你能逗她们笑，你就已经赢得她们一半的心了。她们希望对方有让她可以仰视的资本，最受不了那种没自信、畏首畏尾的男生。对她们来说，若你的爱带来了束缚，她们宁愿不要被爱。她们整天一副酷酷的样子，什么都不在乎，但说到底，她们的内心是渴望有人懂自己的，但只是无人懂。

我想和你好好的

他们比较随性，认真的时候认真，浑的时候也很浑，所以工作时一定要盯紧他们的进度。**他们处事风格洒脱，除非心甘情愿，不然你是绑不住他们这样的人的。**

他们不喜欢慢慢吞吞，扭捏放不开的样子，习惯直来直往，讨厌迂回的交流方式，也不喜欢别人不信任地问东问西，要抓住他们的心，只需要玩他们想玩的东西。

他们自己可以摆臭架子，自以为是，但你不行。他们讨厌自私吹牛的人，一般一眼就能识破套路，所以希望两人的相处真诚交心。

他们说谎技术很烂，非常善于外在表面功夫，所以要懂得夸他们的穿着品位。他们本质单纯，但不会在感情上花太多的注意力，意志偏向薄弱，所以需要身边有一个强力的伙伴协助，但他们极其固执，要注意说话的方式。

他们看似马大哈，心里却算得很仔细，他们对钱的概念分得很清，有多少就是多少，不要妄想占他们便宜。**硬把他们推到前面充老大是不行的，他们尤其适合做辅助型，做事踏实并且会帮你想很多。**

他们尽管是火相系，但绝对没有外表看起来的那样阳光、坚强，他们内心住着一个孩子，自带英雄主义的属性，不可能会去崇拜谁，

更期望获得周围人的重视。你的占有欲对他们其实没什么效果，太过强势，或者太容易驾驭，都只会让他们退让。**和他们相处，要懂得打好"欲擒故纵""欲迎还拒"这张牌。**

自由之于我们

☆ 有时我会忘了，那种生命的紧迫感，我不为任何人而生，任何思想、情感都不该奴役或让自己负起沉重的责任。我必须做我想做的，这从一开始便没有兼顾什么的可能，要么成全自己的选择，要么牺牲。

☆ 陪伴是一个无奈的悖论：我能想到的最浪漫的事，就是和你一起慢慢变老。当你在真正变老的途中，就会发现，我能想到的最厌倦的事，也是如此。

☆ 为什么当初火热的、猛烈的感觉，当初冲动的、狂乱的、撞击灵魂的感觉都消失了。即使不久前的，即使是昨天的感觉，怎么都找不到了？是啊，我们控制不了失去，甚至连感觉的消失都无法控制，也许这正是人生忧伤的来源。

☆ 我们想要的，不是马上没兴趣了才到来的惊喜，是当脑子闪过这个念头，是不是马上就可以在最短时间实现它的行动力。如果不能，我们允许延期一点、再延期一点，但不能漫长地延期下去，延到有了时间有了钱，已经没有了兴致。

☆ 有一种人，无论你给他什么，他都不会满意、不会踏实，他要的只是笼子以外的世界。一个人如果志在自由，这种人你就挽留不住。所谓的笼子就是你对他的信任和依赖。

☆ 因为短暂，所以美好。这是它的前提和唯一的可能。唯有短暂，才会美好。懂得这个道理，我们方能学习着感觉，在无聊、空虚和痛苦到来前，恰到好处地告别。

☆ 很多人告诉你怎么现实、圆滑，极少人告诉你该紧守天真和梦想。本色示人无异于自曝软肋，即使如此，我们仍要坚持本色。

☆ 我恰好路过这里 / 敲你的房门 / 敲了又敲 / 只是远远怜悯地想着 / 怎样孤单的灵魂 / 住在这么大的房子里 / 流星还会再来吗 / 生命还会再来吗 / 它们不会 / 流星合了引力的意 / 生命合了死亡的意 / 我也合了你的意 / 不会再来了 🖋

贴心时刻

你们细腻、热心、亲和、精力旺盛，爱玩和爱自由只是一部分真相，你们其实是一个彻头彻尾的工作狂，交给你们的事总是尽最大所能做好，丢不起自己的口碑，也不愿折损自己的骄傲。9/12，可以挑剔到人崩溃，也可以粗放到万事无所谓，你们是最有人缘的捧场王，也是童心十足的拆台狂魔，一句话逗得人笑出眼泪，一句话把人怼得够呛！

你们活得是那么随心所欲和极端，合则来，不合则走，干脆利落，我行我素。所以谁也别想驾驭你们，因为你们除了自己谁也不服，而我的建议，也没想过你们真能听进去，因为你们真的非常，非常固执，非常的合群又非常的不合作，非常的随遇而安又非常的不好取悦。

说他们好相处，确实好相处，就像一款极易上手的游戏，但是玩儿好特别难，因为他们真的各种要求、各种想法、各种看你不顺眼。他们是一个外表、谈吐、状态和内在有极大反差的人群，他们绝对不止于你看到的那样，一定比你看到的更精致、更高级、更诗意、更难交心。

因此，我想给你们一个建议：如果你们能放下固执，如同放下你们的伤感一样，你们其实会轻松很多很多。你们太过固执，固执自己的喜好、品位，固执自己的选择、决定，固执自己的以为和相信，固执久了便不愿尝试，不愿尝试便又坚定了自己的固执，于是，说服你们，成了世上最难的事情之一。你们容易动心，容易感怀，却不容易改变，你们是柔软的，却又坚不可摧。

所以给人造成"坚强"印象的你们，走了太多孤单、委屈，却又从不解释的漫漫长路。9/12，愿你放下一点固执，尝试一些新的方式，去接纳和改变，听一听他人的声音。也许你的灵魂可以不再那么疲惫和强撑；也许你骄傲得不愿低头的自尊，可以不必忍下所有的辛酸和苦楚。

你们若泪，上苍有愧。

你值得被这个世界更好的对待

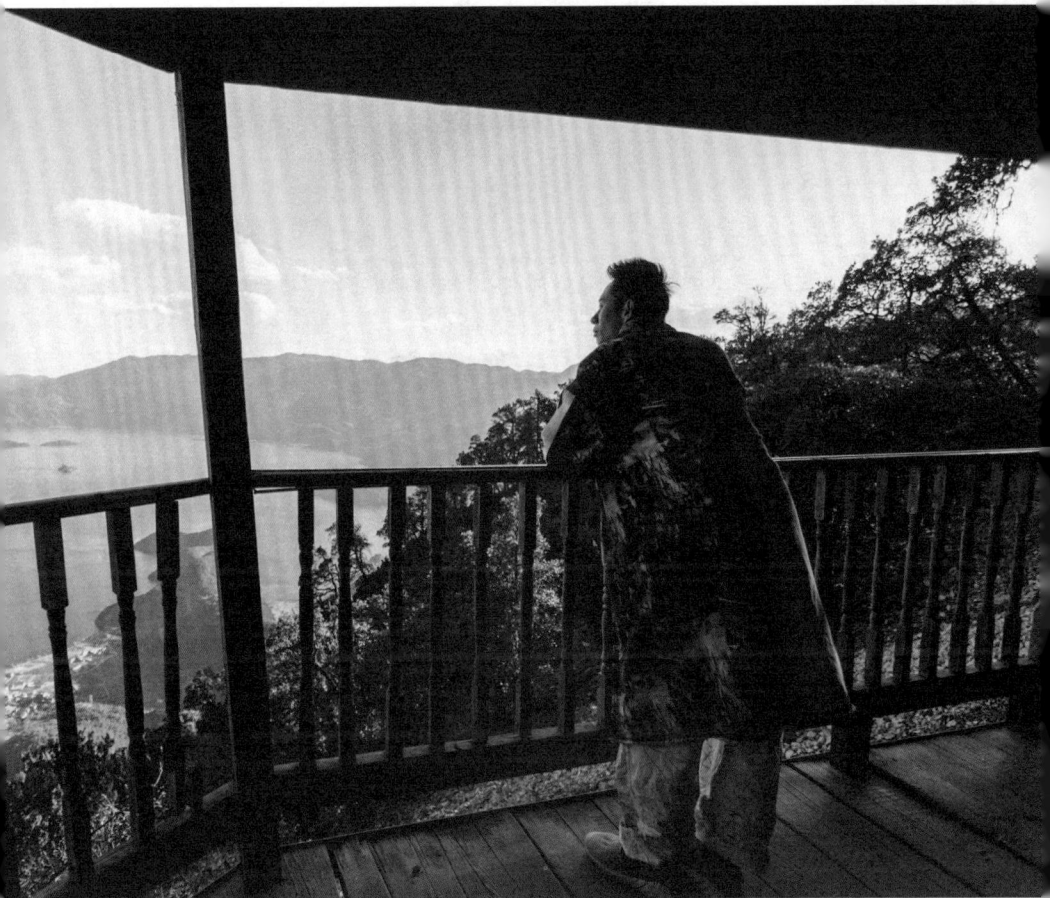

当青春逝去的时候，很多东西都会面目全非，所以我才更加珍惜，也许你会是我人生中最大的遗憾，但我始终谢谢你，来过我的青春。

世界上不是爱情最重要
有很多事比爱重要

亲爱的，你知道吗？

你傲到错过了某些人，

你知道为何而活，

为自己的活法全力奋斗，

在这个过程里，

爱情也可以变得无足轻重。

你正经的外表，藏着一颗童心，谈得越久越幼稚。你擅长伪装，总是被热情奔放、玩心重的、能帮你释放内在的对象吸引。如果跟你异地恋，那你可能感觉不到在恋爱。

如果你能感觉到别人对你的三分喜欢，那实际上是五分；如果你能感觉到五分，那就已经到七分了。你表面上看起来对很多事不在乎，其实内心非常纠结。你总是积压，直到两个人产生问题才爆发出来，所以你要适时地说出内心的想法。

你其实是一个双面人，外表冷漠，内心火热；看起来现实，心里渴求着浪漫。只是你不喜欢失去控制权，也无法轻易卸下坚硬的盔甲，无法失去对权威、保障和地位的追求。

对你而言爱情并不是婚姻的唯一，你的感情也许会很深切，也会带着理想主义，但你不会让浪漫影响到决定。**你宁可牺牲浪漫的爱，去换取安全、合适的伴侣。对你而言人生三十岁才刚刚开始，爱情也是。**

你的坚忍是魅力，没有人能像你一样那么不怕苦、不怕难、充满上进心。你很容易看穿身边每个人的优缺点，却看不出对方的心，所以容易被骗。你相当重视社会地位，喜欢在固定的小圈子里交往。你是一个爱自我怀疑的人，清楚自己的黑暗属性，又渴望美好气质。

你相对比较有城府，有一些吹毛求疵和挖苦他人的习惯。你为了得到自己想要的打压对手，但又对领导毕恭毕敬。你虽然物质，但对朋友很真，从一个乖宝宝到孤僻不合群再到如鱼得水。你会在极端的环境中成长起来，强大到让人刮目相看。

你并不是最现实的，却容易接受和屈从现实。你一旦懂事就会明白，**世界上不是爱情最重要，有很多事比爱重要。**但你在爱情上最白痴，为此也屡屡受伤。你认为给所爱的人带来无限的物质，就是最大的幸福。

你是如此单纯又是如此工于心计；

如此无私又如此自我；

如此向往光明又如此沉溺于黑暗；

如此自信又如此自卑；

如此敏感又如此迟钝；

如此热情似火又如此冷若冰霜；

如此崇拜权力又如此蔑视权威。

你就是如此瞬息万变又如此一成不变。

只是我所了解的你

傲天，傲地，傲视爱情，傲到错过了某些人，

于是带着骄傲在这天地间独立。

据我所知，这就是他们。

他们知道为何而活，为自己的活法全力奋斗，在这个过程里，重如生命的爱情也可以变得无足轻重。默默给你一栋房子的是他们，一言不发到失联的也是他们。最深沉的爱和最冷淡的离开，一个人可以带你上云霄，也可以带你入低谷。他们是如此让人难忘，也如此让人失望，确实对于爱情，他们有那么一点点迟拙。

对他们不要有所期待，就像不要期待给一朵花浇水，它会盛开一样。你唯有默默守候，付出，停止无理取闹和索要，让心变大，大到不干涉他们实干家的梦和自由才行。

他们的爱是一种狂奔时的后知后觉，将你落在身后很久，才发现自己还被人爱着。他们善良，不愿你受苦，愿意把最好的东西给你，从不吝啬物质，只是他们太想在这短暂而迷茫的人生走出一片天地，太渴望出人头地化理想为现实，所以常常忽略了周围人的感受。

他们就好像是路过驿站的急先锋，想要一个拥抱，一个微笑，一个

依偎在你怀里短暂地卸下铠甲的 1 分钟。1 分钟以后戎装上马，他们还是那个在现实里披荆斩棘、勇往直前的英雄。

你爱他，不求他的爱。如果你爱上他们，便只能这样要求自己。不然迎接你的，唯有无尽的煎熬。**即使爱情与我错过千千万万遍，我的骄傲也决不坠落。这就是他们。大爱不爱，骄傲永存。**

他们一生都在奋斗，非常渴望成功

他们会放下曾经打拼的岗位跨界重新开始，放下安稳的生活背井离乡，也放下最爱的人，心虽在滴血，但硬是头也没回。他们也会爱到骨髓，为此焦虑而不安。他们满腔坚决，对人对事，都是再见，再也不见。

他们曾暗暗发过誓，暗暗给自己加油鼓劲，外人打压他们，欺负他们，不理解他们，他们都会扛过来。这些都会成为他们的养分。他们的一生浓缩在"证明"两字上，最终他们会证明自己的选择，会让世人刮目相看，证明他们在黑暗里奔跑的那些时光，是为了看见更蓝的天。

他们总是不愿撒撒娇，示示弱，总是强忍下事业的煎熬和生活的苦涩，对他们来说，这个世界是庸俗的。他们的心太骄傲，虽然跟所有人打成一片，但心里清清楚楚地看着自己的无奈。他们只是不愿让情绪干扰别人，只是希望保持一份众人皆醉我独醒的状态。即使和别人共处一室，他们也希望自己的心，保持本我，清清白白。

他们是天空里孤飞的鸟，是整个游乐场的人走光以后，独自坐在摩天轮里发呆的孩子。他们有两个自己，一个热烈地拥抱世界，一个冷静地拥抱孤单。如果天下没有一片良田，种不出真心，他们也会用自己的血肉去培养一颗真心。他们是顽强向上的藤蔓，把棱角和刺，缠绕成了目标生长的勇气，直入云霄，去见太阳。

他们很少流泪，是的，他们没有眼泪。因为他们心底有一片海，最深的苦和最深的委屈都在那里，在他们心里那片一眼望不到边的海中间有一艘船。船上站着一个人，生命的风浪拦不住他们。他们始终要扬帆起航，孤独远行，那就是他们的背影，在阳光下，那么坚定从容，不屈不挠，永远年轻。

🦅 他们认为工作学习，都是比爱情更重要的事

10/12 的男生不喜欢在别人面前表露真实的一面，习惯扮酷，天生喜欢各种事情都在自己掌握之中的感觉，他们超会讲道理，天生辩手，自大，也是细节控，一不小心就不开心，高冷只是伪装，其实内心是个需要人哄的小男孩。

他们明明想你，死要面子可以不说，心里想往你身上扑，表面还是一副大男人我最酷的样子，**即使全世界知道他们喜欢你，还是不说。** 他们很自律，也很自我，容易把自己搞得很累。他们原则性特

别强，说教和绝对正确的化身，他们对女生需要的奋不顾身的爱会表现得略显不足。他们会认为工作学习，都是比爱情更重要的东西。

他们心里充满野心和拼搏的欲望，比较专注于自己的内心世界，常常忙得一塌糊涂，没时间理你。他们性子急，总是无法及时理解你的感受和反馈你需要的在乎。但跟他们谈个恋爱也是很正能量，有一种彼此都在慢慢变得更好的感觉，所以除了让你自己变优秀，用耐心慢慢地温暖他以外，没什么能有效抓住他们的心。

他们虽然不会浪漫，但很贴心，也会和其他女生保持距离，平时不爱说好听的话，嘴还挺贱，你往往抓不住他们的心思。**他们冷战真的厉害，很理性，想得都比较远**。但有时熟悉了，喜怒哀乐全在脸上，完全藏不住话，还会撒娇卖萌，各种黏你。

他们事业心爆棚，不光因为他们努力打拼，更因为他们肯坚持，也是一个超级无敌醋坛子，他们总是积压自己的情绪，直到两人问题爆发才会全部释放出来。稍有目的性的感情都会让他们警惕并且厌恶。

🐾 永远不要低估一个女人陪你奋斗的决心

10/12 的女生个性略微强势，完美主义并且对自己要求很高。她们很少全然地信赖别人，尤其男性，她们的想法比较实际，不善言辞，但性情很真。她们的事业心胜过她们的情感，力争上游是她们终生不改的意志。外柔内刚，表面像个孩子，内心住着一个汉子。

她们可以孤单得一个人不孤独，不是内心认定的朋友绝不会多说。总是淡淡的，像看客一样默默注视着周围的一切。她们表面随和，这份随和里伴随着距离感，表面上不动声色，其实心里早已经把人看透。她们善于隐藏自己的真实情绪，即使是对讨厌的人，也能表现得若无其事。

她们有着口是心非的傲娇，看上去很成熟，内心却住着小孩。男性喜欢的可爱、柔软、小鸟依人等特点与她们都不太沾边。她们把每件事都看得很认真，一直戴着无瑕疵的面具，希望让爱人看到最佳的状态，所以会缺乏一点幽默和温暖。她们也不容易在爱情面前软化下来，所以一旦使用冷暴力，她们认第二，没有人敢认第一。

她们知道如何为家里打算，怎么存钱，兼职补贴家用，她们绝对是你的贤内助。她们不相信虚幻的美好未来，不食人间烟火的爱情也感动不了她们。她们十分清楚自己想要什么，向往的是显而易见的光明前途，陪你一起奋斗的规划和前方，所以永远不要低估一个女人跟你奋斗的决心。

说她们高冷，因为她们暖的人不是你而已。如果你不够自律，招惹她们只会毁掉你的自信心。也许她们不是最高冷的，但绝对有档次。

我想和你好好的

他们缺爱不懂爱，也不知道如何去爱，在爱里总是保守付出，他们只追随自己的感觉，很少顾及对方的感受。他们很要强，不想让别人看到脆弱，如果你能体会到他们的脆弱，就代表你已经走进他们的心。

他们一生都在奋斗，非常渴望成功，跟这样一个人长久相处的秘诀就是一起奋斗，让他们找到可以为友的伙伴。他们很难主动，即使主动与人沟通，也很难表现出特别的热情，所以他们需要你主动化解他们的沉闷。

他们讨厌自以为是、满嘴跑火车的人，美女俊男也许他们会多看一眼，但如果你没有才华，最多也就不过是那么一眼。在钱方面他们要求越清楚越好，省得麻烦。

他们自己有时候大大咧咧，所以期望相处的朋友也要有积极性，要坦诚，如果你冷处理的话，他们比你更冷。他们不是那种会很努力挽回的人。他们很认真，凡事有原则，所以有些玩笑是不能随便开的，如果你伤害了他们，那伤口需要很长时间来愈合。即使愈合了，也会在以后的日子不断想起，所以不要轻易出口伤人。

他们控制欲强，向往权力，别跟他争做老大，要懂得在何时舍弃强势。他们内心纠结，但嘴上不会表达，有些话不爱说出来就会憋在心里，心里戏超多。他们就是太随缘，抱着随缘的态度，所以你不主动，不要奢望他们主动。他们会随缘随到和你断了联系，消失在风中。

骄傲之于我们

☆ 在我想到忘记你这件事时，我就想起了你。在我想把你抛之脑后时，你其实就在我眼前，没想到所有将你驱逐出脑海的方式，都需要再对有你的记忆做一次回顾。强忘不能忘掉，真正有效的只有淡，我对你彻底淡了，想与不想已使我心间再无波澜。在这场旧情的拉锯中，专心做自己的事，提高自己，当你再次抬起头，那个人已经淡淡地消失在往事中了。

☆ 你对那个人充满着无法停止的、全心全意的、源源不断涌出的令你自己都不敢置信的温柔。你望着她就知道了。你再不怕被世上的任何期待所伤，什么披荆斩棘、什么不顾一切。我以为爱就是：万事皆可熄灭，柔情至死方休。

☆ 爱而不得就努力工作，于其他方面争取被需要，那么多年很多人不爱你，这个事实从来没变过，希望你也可以因此认清，贪欲是人生全部屈辱的来源，在你生命里的每一天勿忘抬头看看天空，人生只有成为人上人才是消灭痛苦的捷径。除了强大，别无他法。

☆ 你不要太忧伤，这是个适者生存的世界，人们常挂念你，因为你还有用。利尽人散，你要明白这个时代很少有不为趋利而来的人，要用心去发现真正的志同道合。为了属于你自己的活法，必定要伤害到一些人，不要太焦虑每一个你所做的选择，妥协是必然的，我们可以迂回一千座山，但我们一直知道最后该抵达何处。

☆ 你会爱上，却不能勉强。万事万物交织着相对与绝对：人心总是相对的炙热，绝对的寡冷；现实总是相对的理想，绝对的残酷；人生总是相对的美好，绝对的无奈。

☆ 世间哪一场缘分，不求同心同德？我视之为重要的，你也视之为重。可两人离心，是你在乎的，对方非但不尊重，更以不在乎回之。曾几何时，我们在乎的屡屡不被人在乎，这让我们看清，什么是看清？看清即是：世上原来真的是道不同不相为谋，于失望中更加坚定地知道了自己的所欲所求。♑

贴心时刻

我在好几个场合，见到一上来就热情表达喜欢我的网友和粉丝，一问起来，好几个是 10/12。跟大众印象里的高冷，慢热截然不同。在我感觉，他们其实很暖，敢说也敢表达，真的让我受宠若惊。

网上有一句话：如果人类有尾巴，见到你我一定会忍不住摇起来。10/12 其实蛮直接动人的，可能大家对他们存在误解；另一种可能，他们面对自己真正喜欢的人，其实非常主动而热络，他们的冷，可能只是不喜欢疲于应付的关系，好恶写在脸上。你说他们复杂，然而比起一人千面的墙头草，他们很单纯了。

给你们什么建议呢？你们自视甚高，即使懂得爱情和生活的道理，但往往骄傲。我说你们要学会低头，但这几乎很难；我说你们要学会敞开心扉，然而不是他们不敞开，而是你对他们有敞开心扉的要求时，可能会让他们逆反地偏偏不按你说的去做。就是这么不驯服，你说怎么办？

我想还是给你们一个温和的建议吧：你完全可以比现在你能做到的主动，再多主动 3 分。为什么是 3 分？因为你们的 3 分就是我们的 1 分。对你来说可能一个微笑和主动说一句话，就是天大的主动和让步了；对于其他人来说，却可能仅仅只是开始。10/12 就是这样，刚刚开始——就结束了，你来不及招架，连他们怎么凉的都不知道。

如果当时再多说一句，如果当时再多出来见一面，如果当时再表达清楚一点内心的感受……也许很多的往事都不会成为遗憾和不了了之。谁让 10/12 这么酷呢，独立让他们不会向人乞求，工作让他们拥有全然转移难过的杀手锏，安全感让他们不会陶醉于任何虚幻的爱情。说实话，再多的殷勤也很难撼动他们的理智，也很难让他们对你存在深深的依恋。

就是这样扛起遗憾和不了了之的 10/12，是否能用主动多给自己试一次的机会，在自我奋斗的路上，找回一点久违的柔情；是否能用多一点的主动，化解不必要的曲解和误会，去赢得本该属于你的东西，而不是在远处自我说服"我不想要"，默默承担着苦和委屈。

你们主动地让自己任性那么一回两回，也许对你们拘谨太久的心灵是一次长长的喘息和成长。主动不是屈就，不是示弱，不是贬低，不是杀敌一千自损八百。主动是为了你们华丽的生命里不容有错过的污点，主动是为了你们最后的骄傲，宁愿世界有错，但决不允许错在自己。主动也是为了让那颗仗义的灵魂，真正得到报答。

因为世上最伤的懂事，是一直叫你们的成全。

一颗遥远星球上
被人遗忘的玫瑰花

亲爱的，你知道吗？
你是真的对人感兴趣，
好奇使你喜欢分析，
分析他人的一举一动，
所以很多细节瞒不过你的眼睛，
你可以看穿人。

你向往自由的生活，求知欲强，喜欢新颖、神秘的东西。你很有个性，但有时又过于理性，显得有点冷。你具有革新的精神，其实就是一个理想主义者，明知是错也要往前走，走不了了，就撞了南墙继续走。

你对感情是有一点冷感的，因为你知性的性格，已经将恋爱的过程分析得很透彻了，很难燃起爱意，所以想得到你的心只能智取。你喜欢有立场的人，要具备精神美，但不能经常反驳他们的意见。

你的爱人像一个万花筒，有趣，而且每天不一样。你是特别棒的倾听者，也是个细心、客观的参谋。你的内心也会有嫉妒，但极少表现。你甚至不会承认这一点。你不是没有占有欲，而是爱一个人，总会让对方拥有自由。

你经常说很多绝情伤人的话，其实你说完就觉得不妥，但因为架子太大，有时也不知道怎么下台，所以让人觉得难相处。很多事情，你不会说出来，但心里又想知道他人在想什么，你确实这么矛盾。

你永远在追梦，对人生拥有崇高的理想，非常努力，也非常渴望得到爱人的支持。你对于自己想达到的目标，想得到的东西，无论再大的困难都不会轻言放弃。爱上你的人会寂寞，但拥有一个你，就像拥有了大神、屌丝、猴哥和林黛玉的综合体。

你在人前总是一副无忧无虑、嘻嘻哈哈的样子，因为你不想别人看见自己的悲伤。你擅长难为自己，凡事自己扛。你倔强如命，但往

你值得被这个世界更好的对待

往不被深爱的人珍惜。

你看起来有点神经大条，其实很敏感，自视清高，执着得可怕。你很早就开始独立，总觉得自己很坚强，好多事都能拉。你希望自己活得像智者一样，其实内心深处渴望有人陪，但骨子里要求自己不能这样，自尊心太强，太骄傲。

你喜欢简单，特别不喜欢麻烦，别人对你好，一定加倍奉还。你是天生的统筹规划专家，但有时也非常散漫。

你的爱情喜欢从友情开始，你看重的不是对象有多好看，而是这个人是不是独特，有没有才华，能不能跟他一起探索生活里的大小事。

你的爱属于自虐和自苦型的，在爱情里并不算主动，但对爱情有纯粹的理想，极其重视感觉。当两个人真正在一起的时候，又希望保护自己个人的空间和精神世界，你永远不会交出全部的自己，永远是未知的谜。爱这个字对你来说，太沉重珍贵了，一旦付出，便是彻底不可收回。

只是我所了解的你

我把他们叫作"风里长大的孩子"，独立过早，最习惯无依无靠，醒了，乘风破浪；累了，就睡在风里，终其一生，无法泯灭那份孩童天性。

我把他们叫作"永远向南的钉子"，刚愎自用、自作聪明，但认定的事，爱定的人，怎么也不放手，要头破血流地钉穿那面墙，要用信仰让世界刮目相看，常常遍体鳞伤。

我把他们叫作"世故与天真的人精儿"，一张嘴肆无忌惮，一颗心七窍生烟，没有坏心思，总是得罪人，太想适应社会而委曲求全，太想伸张自我而与世界交锋，又扭曲又自由，又桀骜又装孙子，一言难尽。

我把他们叫作"逞强的风筝"，总是想着飞高走远，总是怀念诗与远方，却受人间种种牵制，断了线的风筝会坠地迷失。也许他们总需要有一个人，有一股力量给他们引领。

我把他们叫作"一颗遥远星球上被人遗忘的玫瑰花"，浇水的小王子已经走了，只剩自己静默地守候，永远不会忘记爱过的人，永远也不会拔掉身上的刺。他们这个风里的孩子，有一天累了，就飘落下来，尸骨化泥，山花遍地。

为爱而生，为爱而死

他们即使遍体鳞伤，依然敢爱，就算面前是神，也可以不低头。他们因为把人生看得太明白，而冷待了那些爱他们的人。他们心里的那个远方，也许终生无法抵达。世界笑他们，世人轻蔑他们，他们也不会忘记初心。他们有点自欺，有点故作坚强，有点小小的圆滑，但他们是属于灵性与精神的，是带着贤者之心的智慧人。

他们对于爱从不怀疑，他们为爱可以献出生命，他们享受孤单，但不绝望。理想主义会伤到他们。他们知道现实很残酷，人情世故总会让人委曲求全，需要做不想做的事，需要说不想说的话。他们也会为了顾全大局，为了活跃气氛而努力，但总会有人背叛他们，总会有人辜负他们。**他们生来是一个理想主义，为梦而生，为梦而死，天涯路远，一意孤行。**

他们太高远的眼界，让他们更加寂寞，但他们是寂寞里的烛光，总是习惯自苦，以别人的错误惩罚自己，以自己的过失惩罚自己。独立是世界留给他们的，唯有永恒的独立。

他们天生讨厌约束，精神世界大到你无法想象

11/12 的男生清高孤傲，有才幽默，总喜欢把自己的想法强加给别人，讨厌别人否定他们认为对的事。他们不容易自我改变，敏感，脾气急，哪句话说得不好都能生气半天。他们最想与众不同，不屑

与众人为伍，想孤独的时候全世界都不准吵他们，就是这么任性，在生活中经常扮演旁观者的角色，有不近人情的感觉。

他们从不计较在感情中的得失，他们理性，常给人不深情的感觉。在他们眼里，你的患得患失，不安全感都是自作自受，不要期待他们会给你暖男般的安慰。他们偏激，喜欢说话伤人，只考虑自己想给你什么，不会在乎对方要什么。他们的精神世界大到你无法想象。和他们相处时一定要有共同爱好。

他们常被人理解为博爱、自由、爱交朋友，实际上背后是孤僻、自我和冷漠。他们不太好相处，只活在自己的世界，对自己认定的事极其坚持，南墙撞烂也不回头，精神追求永远比物质追求要高得多。**事业、家庭、朋友、爱情，就是他们心里的排序。**他们对于事物有自己的安排和看法，不喜欢被人打乱，基本上一忙起来就会把什么都忘记。

他们拥有一颗童心，对单纯的人最有好感，遇到谁有困难总是会伸出援手，看似冷淡的个性，实际上用情很深，为了爱情可以不顾一切。只是他们不善于邀功，如果真的喜欢，会做很多实事，而不是讲好听的话。他们天生讨厌约束，有时你越想去绑住他们，他们就越会抗拒；有时你明明感觉好像已经得到了他们的心，可转眼他们的心就不在你这里。

没有任何人，可以完全占有她们

11/12 的女生可以跟各种各样的朋友相处融洽，但有时候她们就是会选择做一个独行侠，与家人、爱人、朋友保持距离。她们需要自我的空间和时间，看看书，看看电影，做自己喜欢的事，极其重视独处、个人隐私。她们可能今天想研究心理学，明天去学爵士舞，后天到教会当义工，没有任何人可以完全占有她们。

她们内心设防，安全级别特别高，兴奋的时候异常热情，烦躁的时候瞬变冰窖。 她们擅长冷静地打击你，一针见血而敏锐地挑刺。既神神经经又贤惠，既温文尔雅又是一个脑洞很大的段子手，不随波逐流，深谙世事却不弄世事。

世上好看的脸蛋太多，有趣的灵魂太少，她们就是一个有趣的灵魂。她们就是更在意感觉，相互吸引的气场，而非对方提供的物质条件。她们喜欢有才气的，特别甚至另类的人。她们固执，我行我素，就是喜欢冬天吃甜筒，夏天吃辣椒。

她们喜欢你的时候，可以跨越大半个中国来找你，鼓励你，心疼你，为你省钱，分担各种事。不喜欢的时候一切都消失，扬言拉黑删除是经常的事，太刀子嘴，又太容易被感动。她们敢爱敢恨，忽冷忽热。

你可能永远不明白她们在想什么，她们有时坚强得超乎你想象，谈了恋爱比不谈还独立。 她们不太喜欢表达爱意，很少主动说情话，

总是需要你猜，越在乎越被动越装作不在乎。她们的矛盾，她们的沉默不语，其实代表的只是一个小小的要求，就是希望你去哄而已。

多愁善感、傻乎乎又倔强的她们，性格有型。爱上你，可以全世界只有你。而爱上她们的感觉，就像是坐着过山车。

我想和你好好的

他们并不是故意特立独行，只是不喜欢受外在环境的拘束，很忠于自己，换个角度说也是比较任性的，他们对自己没兴趣的事就没什么意愿去做，所以别强迫他们去达成你的各种要求。

他们总是期待一个与自己志同道合，在精神上能与自己默契的知己出现。外表老成干练的他们，内心只是个顽皮小孩。**一般没有独特品位、没有创新和独立精神的人，不会得到他们的青睐。他们太重视才华、灵气和那种所谓的感觉了。**

他们是天生的心理学家，最大的乐趣是钻进别人头脑看他人的想法。你的一举一动都瞒不过他们，你的每个行为他们都能知道背后的意义。他们是天生的真诚探测仪，所以全心全意的真诚，最能感化孤僻的他们。他们追求纯粹，稍微带着功利心或目的性地接近，他们都看得清清楚楚。

他们无法生活在谎言之中，他们过分耿直坦率，常被人认为是个怪人。他们知道如何不被财富冲昏头脑，能很好地适应俭朴生活。**他们绝对做得到结婚誓言上的那句话：无论贫穷或富裕，认定你，就会跟你一直走下去。**

但你不要奢望占有他们所有的时间。他们骨子里是独立自由的，与人相处时需要独立空间。**他们终生都是一个理想主义者，一辈子都在追求四个字：理解和支持。**理解他们的追求和孤独，支持他们的不同与不凡。他们就是那个所谓的先锋，那个所谓的来自火星的人类。

执着之于我们

☆ 你是过来人，会不会嘲笑那些正过来的人，看不起他们做的事？觉得要是放在过去，你不会跟他们一样。但实际上你也曾攀高踩低，想象自己和某些人友好到一个能给你好处的地步。谁都势利眼过，对富贵者殷勤，但人要自立，便是不再对条件比自己好的另有所图。有的人贱过便醒，有的人则贱一生。

☆ 在你身体里本来该开出一株桃花，但种子被人占去了，那你就有什么开什么，努力开一株玉兰，或者开出玫瑰。你总要凭借"做那事"来弥补不能"做这事"的缺憾和时间，甚至"做那事"变成了和"做这事"的赛跑。当你不能所为，便所为你能为。人不能停下，也不能认输，人要适度通过比较，来突破自己的惰性。

☆ 我的执拗，无非就是：即使没有你，我依然可以做成这件事。每个人的骄傲想必也大抵如此：世上并非非你不可，离开和疏远也正是为了证明这一点。一个人离开，会激发我们用尽所有方法，去找到生命中能助我们一臂之力的代替。人有时就会有一股逆鳞，纵使千山万水寻遍，也决不开口再求他一句。

☆ 纵然你不想要遗憾，已做好各个方面，仍可能百密一疏忘了什么，让事情留下瑕疵。那时你改变不了结果，就像白衬衫上的污渍，没法不去想它，但又不得不接受。遗憾大致由微小的疏忽或过失造成，每个遗憾之于当事人，都该强行深刻地去记忆，督促自己在未来的日子更加自律。遗憾的影响往往是终生的，所以我们必须更加细腻、更加用心、更求完美！

☆ 和有些理想相比，爱情太小了，微不足道。然而曾经，爱情一度使我们产生玉石俱焚、放弃一切的念头。所以如果你经历过爱情里的逆境，于心的磨炼而言，也算见识过了大风大浪。

☆ 在我们的生命里，终有一天要对曾经无话不说的人假装，假装什么都没有变，维持着亲密的假象。人一定要往上走，摆脱以嫉妒绑架你的圈子，摆脱无谓的迎合，孤独着优秀，再遇见那些真正彼此赏识的人。〰

贴心时刻

我接触的 11/12，都有点常人不能理解的怪习惯，都有点常人不能 get 的冷笑点，都有点常人不能肯定的傻执着，包括我。

我想给你们一个建议，也许你们无所谓，但我还是想分享你们两个字：不忘。说来奇怪，你们会记得很多事，甚至记仇，但过去一段时间，又什么都抛诸脑后，自动复原，像从来没发生过一样地如常。你们善于原谅，你们放了那个人的过错和内心的伤，所以才会总在同样的十字路口和人身上撞南墙。

好奇的异星人，小王子，总有一天要羽化成仙或涅槃的你们，这个世界对你们单一的精神世界来说太复杂，多变，充满诱惑，孩子心性会让你深陷和迷失——深陷在物质丛林，迷失在苦恋当中。我属于 11/12，我亦同情你们，感情没有一个是顺顺利利的，布满了太多委屈、苦涩、自残、痴迷和绝望。

我也不知道为什么，也许，你们是上帝派来在游戏人间找 BUG 的使者，虽然有时心里的想法奇多，但次次都是炙热地投入。因为投入，所以不懂保留；因为不懂保留，所以被人利用。

上天让我们在一个充满明刀暗枪的世界，用善感的心去体会，又用复原的心去愈合；注定不凡，亦注定不同。所以我希望你，历经摧残，永志不忘——

你值得被这个世界更好的对待

不忘你为什么在做手头上的事，不忘你为什么在爱身边的人，不忘你做的每一个决定，你进行的每一次尝试。11/12，我希望你，永远不忘初心，你来这个人世间做什么，你来这个红尘找什么，你活过一次准备以怎样的方式谢幕，你用力尽力的每一次努力准备结什么丰硕的果子？

我希望你记得，这个世界太多虚幻的诱惑，不淡泊无以明志。请永远记得，什么是你永不能被剥夺的，你所捍卫的又将以放弃什么去成就，不要被眼前的，递到手边的东西动摇；永远记得你在世界的中央诞生的梦，向风倾诉的秘语，向天空投去的注视，向灵魂深处反复低吟的理想，不要忘记你纯粹、坚韧、超然于俗物的心志。

愿你不忘。

终生嚣张。

我们都是彼此生命中的过客，只是你
停留的时间太久，久到我以为你是我
生命中的一部分。

我们终于错过了
那个一生只能遇到一次的人

亲爱的，你知道吗？

你跟谁都和和气气，

却有种对人群疏离感的需要。

因为你终极的依恋是家庭，

给你一个家，就给了一切。

你难免有自我放逐、颓废的倾向，常深陷于一种情绪中无法自拔。你爱的是想象中的人，到最后所爱的人总不是想象中的样子。你可以回避真实继续相信，继续爱下去，但你的爱又如此执迷不悟。

你随意切换自己的心机和善良，不生隔夜气，外表简单清纯，人畜无害，但是心里怎么想其他人永远不知道。你的冷漠绝情十年不相往来很正常，但终究你的心软善良，还是会发挥作用，想谈个一辈子难忘的恋爱。

你凡事都为别人着想，在一起可以享受到细心温柔的对待。无论爱人喜欢什么，你总能默默记下来，然后在此后的岁月里买给对方。如果在你遇到困难的时候，他人守护过你，对此你真的会感动万分，终生铭记。

你关心身边的亲人、爱人，唯独不关心你自己，所以很多时候，你的身体状况都不是很好。对待善于装傻的人，你懒得去揭穿，对人对事不温不火。对你而言，安安静静地过日子才是快乐的事。你的爱是不说绝对的话，永远只是配合对方。因此你常常错失爱的机会，错过那个一生也许只有一次的人。

你温柔的面具只是应付外界的武器，时常会巧妙地掩饰自己的智慧。你会把他人的一举一动尽收眼底，连他们心里想什么都能猜得出。你从不真正地单纯。如果有人觉得你单纯，那是因为没有足够的眼力去读懂真实的你。

你喜欢保持原有的生活节奏，不喜欢与人竞争什么，有一种淡泊名利的感觉，对于你来说，自己能过舒适、安稳的日子，比什么都重要。你天生是一个艺术家，在团体里，是非常受欢迎的好好先生或者好好姑娘。

你的本质特点是思考，但你的懦弱和优柔寡断，主要也是因为想得太多，看透了事情的真相，却往往不能坚持住自己的观点。你在最快最早的时候便学会了人情世故，敢爱敢恨，可以与人相交持续几十年，也可以因为背叛而到死不相往来。

你是个为感情而活的人，爱情对你很重要，但不见得比亲情更重要。你很乐意把一切奉献给爱的人，你的眼里大部分只有感情，而少有物质。如果你遇到不思上进，没有志气，玩乐的人就要注意。

只是我所了解的你

他们会将另一种感情奉为信仰，这种感情胜过爱情，胜过梦想，胜过自己，他们的这一点即是：可以无我，但不能无家。

他们可以弱化自我，甚至牺牲自我，只要目的是一个家，为一个亲情的归宿。对于他们而言，家人是生命中最重要的寄托，亲情是毕生的经营。

他们可以任劳任怨到不思进取的地步，做熟悉的事是他们唯一的安全感。他们也许缺少一点突破现状的精神，却能长期地、持续地为一个家族贡献力量。

永远不要忘记他们是一只隐藏得很好的刺猬，叛逆，傲慢，有个性，有主张，不听劝，对整个主流世界都有回避和局外人的态势。他们的高冷是另外一回事，是排除在世界之外的冷眼旁观，是极度绝缘热闹世界的心灵隐者。他们的高冷不是姿态是一种活法。

所以对待他们要主动一点，因为在取暖中他们会变好。对他们一定要暖，暖化他们的心，这样他们的心就会长出铠甲，为你拼上老命。

🐬 人间的真心就像一座隐秘的钻石矿，他们常常用灵魂在寻找

他们本来打算只试探性地付出一点点，却没想到完全交出了自己，他们总是故作冷静，然而一旦用情，矢志不渝。

他们太聪明，还是太懒？他们见过千万人，所以只知一人好，爱过全世界，所以唯对一人专情。希望他们爱的人能给他们关怀，这胜过给他们金山银山。他们的要求简单，心愿又好难。

人间的真心就像一座隐秘的钻石矿，他们常常用灵魂在寻找。他们的心思总不改，爱一个人，还是曾经的饭菜，还是曾经的初心，无论是不是离开了他们，是不是没有归期。在他们心里只有三个字，我等你。我会等待与你重逢，做好你爱吃的菜，备好你爱喝的酒，最开始的盛情款待，直至终老也是如此的盛情待你。

他们就算被那个人辜负也好，伤害也好，就算被所有人责备也好，他们的一生总在世人的要求与自己的内心中寻求一个平衡。**他们不管别人怎么说，他们只想找到自己的节奏，不被打乱地往前走。**

他们去翱翔，也会想着家乡，他们是一个浪子，但也有忧愁。他们在爱里，有一种比死亡更长久的温柔。只要他们选定了那个人，便会用心暖爱人一辈子。

无数人曾对着他们喊，要上进啊！要坚强啊！要扛起生活的苦难往

前走啊！可他们的心里还有诗歌，还有童话。在他们心里看穿了这个人世的复杂，不会让最后的清澈沾满污泥。他们更不会放下自己最后的倔强。他们是临风战到最后一刻的武士，满目苍凉望着地平线的太阳升起。

🐟 他们对每一任都是真爱，永远在念旧的回忆里取暖

12/12 的男生第六感很准，敏感，加上联想力丰富，往往有些话说者无心，却听者有意。他们感情细腻，是个爱操心的人。平易近人又非常善于察言观色，能看出他人在想什么。他们善于交谈，善于打人情牌，很没安全感。他们特别关心你生活的方方面面，甚至不用你洗衣服、做饭、刷碗，什么活他们都愿意干。

他们幽默，爱开玩笑，对自己的事很专注，对别人的事向来不是很在意。他们的自我反省力强，只要听进去意见，几乎不会再犯，听不进去的时候，很固执，明知不对，也不愿意接受，勇于认错，但死也不改。他们想得太多思考太多，不善于做决定，缺乏一点竞争力，一切都希望是你决定，有时会和别人暧昧，但他们自己根本没意识到自己在暧昧。

他们被戏称作大众男闺蜜，其实他们的不主动是因为害羞，不拒绝是因为怕伤害别人，不承诺是因为有些事情办不到。他们确实有点优柔寡断，不愿意说狠话，想对每个人都好，但这一点也正是会伤害对方的缺点。

他们在感情里会撒娇，以此得到更多关注和爱。你越是远离他们，他们越会主动贴上来。他们家庭观重，自尊心脆弱。只有让他们经历更多，他们才会从以前的稚嫩中醒过来。他们真心喜欢一个人可以是很痴情，也是默默相守终生的老好人一个。

他们是易成瘾型人格，无论是游戏、烟酒还是其他不良嗜好，一定要对他们有所控制，不要陷入其中难以自拔。他们不喜欢别人带来麻烦，多久没音信，他们也不会主动找你。他们对每一任都是真爱，永远在念旧的回忆里取暖。

🐾 她们一生多情，一生热泪盈眶

12/12 的女生即使已经拥有很多明显的优点，还是会常常觉得自己不够好、不够有上进心。她们的挑剔在暗处，心中自带账本，谁对她们好，一笔一画都记得明明白白。

她们低调、随和、不压人、热爱生活，喜欢发展各种兴趣爱好，对朋友富有服务和奉献精神。对于金钱、权力以及成名，几乎没什么太大兴趣。她们更看重人生幸福的感觉。她们是最想得开的人，遇到任何选择都会做出乐观的备案和最坏的打算。

她们十分能忍，暗恋一个人可以死活不说。她们要是主动找你聊天，那真的已经算用尽所有的勇气了。她们有感受他人情感、情绪的能力。爱上一个人会努力迎合他的爱好，会为了他学做饭、学打游戏，甚至学着让自己独立。

她们怕寂寞，喜欢跟自己喜欢的人暧昧，不懂得拒绝，脑子里总是想些奇奇怪怪的东西。她们擅于示弱，擅于倾听，擅于发现别人对自己是不是有意思这件事。她们总是知道对什么样的人，应该表现出哪个样子最合适。她们一辈子都在找自己，希望自己能当男生，因为她们脑子里真的有很多浪漫的想象。

她们爱你时可以牺牲一切，对你无限包容忍让，给你汹涌泛滥的爱，既当女友又当妈，不爱你时可以马上恩断义绝。对于她们来说，爱到最后，她会让步，也会放手，不求那么多，只想让自己活在感到舒适的状态里。所以有句话说：**曾经有个人用生命来温暖过你，多少年回过头，不真实得像一场梦。**

她们一生多情，一生热泪盈眶。

他们常常没有太清楚的计划和安排，有时候过得浑浑噩噩，想跟他们长久相处，就需要有敏锐的眼光，帮他们指点迷津，让他们看到你导师一般的作用。

他们向来讨厌压力，就算你有一大堆计划，也很少起到什么作用。他们不喜欢轻易地承诺，但是只要说到就会做到，所以他们期望对方也能如此守信用。

他们与世无争，好人缘，开朗乐观，但有时非常固执，极难改变自己的决定，也不会轻易让人打破自己的习惯。**他们温柔简单，但有挑剔和不合作的潜在个性，看似顺从的他们有非常不顺从的逆反面。**

他们爱你时能把你呵护上天，但热情来得快去得也快。他们的世界里最重要的是陪伴二字，所以他们可能无法深入了解你，但只要还在一起，他们就会为你做很多事，愿意服务你。在人和人的相处中，他们缺乏一点追求，所以需要你主动要求他们上进，而不能任其发展他们自己的随性。

他们喜欢小资情调的细腻和美好，**坚定、果敢性格的人更会让他们有好感**，别看他们天生好脾气，做事却容易急躁，遇到无法解决的问题会变得意志不坚、神经兮兮，所以他们需要能依赖并且强势一点的伙伴让他们放心。

多情之于我们

☆ 想到你会难过，我就难过；想到你在微笑，我就想笑；想到你的压力，我也窒息；想到你的天真，我也变小；想到你的鬼脸，我会温暖；想到你的哭泣，我心如绞；想到你在想我，归心似箭；想到你的依赖，便生勇敢。

☆ 记忆凭空消失，过往沦为残篇，对任何人的期待都将成为自虐，所有誓言都会重蹈覆辙，连相信也只是水上写字，爱情不过半声叹息，每个人都在互相伤害，每个人都配不上他受的苦难。

☆ 人的本质是需要另外一个人的，无论他多么不想承认，灵魂将会永远独立，但并不妨碍人带着一颗愿意亲近的心，行走在天地间。生命是永恒的孤独，但我渐渐明白人生的意义并非只有孤独，而在于分享。孤独只适于思索，而最终孤独不能被分享，只是一种有害的折磨。

☆ 你的好意假如别人并不珍视，无论你给多少，就像新衣穿在身上，珠宝戴在手上，也不会记恩于你什么。到了违背你心意的日子，这些都不会成为他人对你仁慈的筹码。你的付出一开始便无足轻重，谁都不傻，为自己埋一颗被"对你好"绑架的雷。愿意付出就付出了，莫期待他会有报答，你开心就好了。

☆ 你说的孤独是夜晚、一个人、寂寞的城、灯火阑珊，没有一盏为你预留；我想说的孤独和光阴有关，不是你不被这世上某一人爱着，无亲无故，是你咬着牙成长，蓦然想起了小时候，那个小影子和现在的你遥遥相望。孤独，或许正是当我们想起所有失去而永不可再重来的那些瞬间。

☆ 在我的生命里，可以以其中的一部分甚至大部分，甚至全部，为了你而活，为了你的喜怒哀乐而作为，而改变自己。但我并不是谁的，我是我自己的，我的心灵和身体都只属于我自己：我为你，是一种选择；我乃我自己，则是真理，从今时，到永远。

☆ 你永远不会知道，我有多么喜欢你，因为有你，等待也变得温暖。你也永远不会知道，我有多么悲伤，在你心中，我没有名字。✳

我希望你永远不要觉得外面的世界

很孤单，很无奈。

贴心时刻

12/12，在一座城市打拼很难很累，暗恋一个人很辛酸很委屈，爱而不得甚至让你有自我毁灭的倾向。总之，你用尽全力，可能这个世界报答你的，只有伤痕。

你向往简单的人生，但人生如此复杂；你希望凡事轻松一点，但却没有一件事是容易的；你的心里有一万分关心，不言自明，却屡屡被人辜负或者认为淡泊。12/12，我知道，你只是不喜欢不确定，你只是不喜欢当自己已经蜕去满身骄傲，却得不到对方丁点儿的需要。

所以最后，你才会对自己特别豁达，心想，既然生活让人难堪，又何必再添烦恼，不如笑笑呵呵，没心没肺更好？

每一个大人，曾经都是孩子；每一个逗笑的你们，曾经都有被人漠视的心事和悲伤，于是才不得不成长。辛苦你的不得不成长，任凭苦水滋养，从不说苦。

如果要给你们一个建议，我希望你们，永远记得：爱你的人从来没有忘记你，从来没有放弃你，你不是负担，不是多余，更不是无足轻重。不要把事情总往消极的一面去设想，不要总从人与人的羁绊中跳出来，成为一个不愿种花的人；为了避免凋零的结束，所以避免一切开始。

你的沉默，你的不联系，都是因为你太有自知之明，你看得太清楚。自己虽然想见一个人，却只有那个人也想见自己的时候，见面才有意义。主动太多太久的你，这些给了你伤痕，所以你才学会自得其乐，不再依赖别人。你内心那么渴望今生有个人可以依赖，但你却知道，这个世界上，你最需要的依赖，除了自己，谁也给不了你。

别再悲观、消极，其实人间避无可避，总有阳光照耀，春天也会来到。温暖你的一切都在路上，它们会穿越坎坷、穿越遗忘找到你，请拿出勇气，安静地盼望吧！

心有正念，天不辜负。

原来爱别人的你是

如此寂寞，如此美丽

当你发现他出轨了怎么办？

当你发现他出轨了，一定很难过，也很愤怒。

但是已经发生的事——已经发生了。在情绪发泄之后，无论你要做什么决定，都应关注一下自己的目标，是还想继续在一起，还是不想在一起了？

如果不想在一起，那很简单，分手。

但实际的情况是，无论处于人生的何种阶段，都有可能面临另一半出轨的情况，恋爱的会，婚后的也会。处理出轨问题，显然已经不是只靠分手就能避免，下次一样可能会重蹈覆辙。

人是欲望的动物，越是无法得到的东西越是想要，不忠的事古而有之，以后也不会杜绝。

所以，我们能不能借助已经发生的出轨之事，重新定义一下感情，给我们的感情带来一个新的角度，就像你发烧生病了，在生病期间感受到的世界，是不一样的。

所以先不要那么急于负面地看待出轨，因为出轨的原因并不是你不够好。

事实上你足够好，也无法让对方一直保持对你的激情，对方还是可能会出轨，因为人都渴望得到关注，渴望被重视，人也渴望自己无法拥有的东西，你们就算过得很幸福，也可能会被某种禁忌的神秘力量吸引，就像是有句话说的：如果我们做了不应该做的事，就感觉像是做了我们一直想做的事一样。

你尽量用理智控制自己的感情，不要过度回忆那些不堪的、痛苦的回忆。

出轨是一个危机，出轨也是一个机会。

我们先来回顾一下：

他是不是近段时间负面情绪太多？

你们之间情感失联了，他感觉不到你的欣赏、赞美？

他的孤独、悲伤是不是过度压抑变成愤怒，而你疏忽了，没有足够关心他？

是不是因此导致心理失调，无处消解，进而引发出轨？

你们之间的性生活是否足够愉悦？是否缺乏激情？因为彼此的熟悉程度增加，新鲜感的降低，没有得到高潮，从而导致通过跟陌生人的接触，寻找一种自由和脱离现实的刺激感？

另外，出轨也可能跟酒后乱性，乱用药物，人际交往边界感不清，色情片上瘾等有关。要努力找到问题，看看需不需要专业帮助。

由于人动物性的本能，冲动是不可避免的。有时候我们被什么样的人吸引，确实无法控制，但我们可以控制我们的行为，你们之间是否就控制行为有过探讨、有过沟通？

据研究表明，智商高的男性更能抵御外界诱惑，他们大多更能站在对方的立场上考虑问题；相比而言，智商较低的男性则显得自私，会禁不住诱惑，频频出轨。但无论智商高与低，可以确定的是都有出轨的概率，甚至这是无法避免的事。

如果万一发生，那我们可以得到什么？

比如一次深层次的对话。

可能你们出轨之前，已经很久都没有经历这样的对话了，因为出轨，激发了对失去的紧张和恐惧感，把彼此的心和欲望重新激发起来。在此，我们还是应该再度关注自己的目标是什么：你还想和他在一起吗？还是不想在一起了？

要知道，尽管你很愤怒、痛苦、伤心，但出轨的一方一般都会淡化自己的错误，面对你的质问、指责，他们会认为出轨不是件很严重的事，或者觉得自己出轨你也有问题，等等。

因为人都受一致性法则的影响，他可能没想过自己会出轨，但事实上发生了，他就会调整自己对出轨的认识，找到各种原因来为自己辩护，推卸责任。所以你期望获得对方跟你一样的心情是不可能的，你希望对方呈现的愧疚感也会有所折扣。当你觉得出轨伤害到了两个人，导致对彼此关系的不满，以及猜忌怀疑等，但对方很多时候并不会这样觉得，甚至他还会认为偶尔的背叛，可以保持亲密关系。

无论如何，你希望对方能感同身受，但基于以上的原因，要事先明白你可能得不到你想要的反馈。而当你的情感无法获得补偿时，可能更加痛苦，所以，莫不如聚焦到彼此的目标上，如果不在一起那很简单，如果还想继续在一起，我们需要计算一下投入比：

如果你觉得自己有其他的亲密关系，会比现在这一段关系有更好的收益，那即使他道歉认错，也可以离开他，追求更大的利益；如果你现阶段没有更好的选择，并且对这段关系你投入得比较多，也有修复的想法，那可以暂缓脱离现在的关系，毕竟多余的伤心和愤怒于事无补，我们需要一些修复措施和约法三章。

首先，应该让对方认识到自己的错误，而不是编造借口，不真诚地道歉。应该让他为自己不端的行为表示羞愧和自责，这是彼此伤口愈合的开始，虽然短时间内你无法消除对他的戒备和怀疑，但也需要暂时原谅，保持淡定，控制自己不要反复想那些出轨细节，他们怎么做的，做了几次，等等。

其次，当出轨之事已发生，彼此都面临一个坎儿，这里需要彼此倾听的技巧，你要勇于表达你的伤痛、恐惧，表达你对爱情、性和原谅的理解。问问对方：你想要什么样的爱情？你这样做的动机是什么？我们怎么去修补感情的裂痕？我该怎么理解你的承诺？等等。

因为你也需要一个能站在对方看待问题的角度，想象一下他为什么这么做。

如果他是认真并有诚意地修补这份关系，那么你必须要求他彻底地断绝与先前出轨对象的联系，全情地投入到现在你们关系的修复中，重建信任感，任何联系方式都不许保存，一次全部删除干净。

到这个阶段，你要让他明白，现在彼此都处在一个非常态的敏感时期，他之前的承诺和约定都被出轨行为打破了，他应该有所表示，比如把银行密码、社交账号、邮箱等信息坦白地告诉你，表达对重建信任的诚意。

毕竟宽恕一个人是非常难的，宽恕意味着你曾伤害我，不公平地对待过我，但我却没有以牙还牙，放弃了报复，自愿退出一种互相指责的恶性循环当中，所以他理应表现出他十足的诚意和歉意。

最后的最后，如果你仔细地回顾了你们的过去和现在，权衡了各种利益得失及投入比，觉得这段关系值得继续，你可以为此努力。但有时候，出轨带来的伤害也是毁灭性的，如果你综合考虑了各方面因素，觉得伤得太深不想修复，也不必硬撑勉强，潇洒地离开，也不失为一个最好的选择。

当他不理你了怎么办？

很多女生在向我的提问中，提到过一个细节，说两个人分手，自己提的，然后删了对方，后来又加回来，再去跟男生说话、约他，他就不再像以前那样了。

是啊，分手作为一个手段，其目的只是女生期望男生像她们期望的那样对她——更多地在乎，更多地重视，更多地宠爱而已，并不是真的想分手。

可分手这样的手段用出来，就会把关系推向了一个极端，容易把一段明明有感情的关系，因为触犯到了男方的自尊心或好胜心，让彼此不可挽回，这不就得不偿失了吗？你又不是真的想分手。

可是，连分手两个字都能提出来作为手段去获得男生在乎的情感，是不是也侧面地表明，他并没有那么喜欢你，或者对你们的感情没有那么认真呢？

无论是哪一种，以分手为要挟的手段，真的不建议去尝试，这种作，很容易作没一段感情，即使试过一两次也许有用，但必定会损害两人之间的信任。感情不是靠威胁维持的，不是靠引发对方"失去"的恐惧感去维持的，当这种"失去"的感觉习以为常，男生便不再有强烈的珍惜感，如果总是引发谁输谁赢的战斗，一直让着你的那个人，也会不再耐烦。

在我们采访的男生以及对周围情感关系采样的过程中，男生普遍都提到过不太喜欢幼稚的女生这一点，相处中类似生活自理能力太差，依赖心过重，动不动就以分手相逼等行为，都会在男生心里累积减分，然后你什么时候被男生三振出局都不知道。

不要等到他真的不理你了再去寻找解决方法，最好防患于未然，但如果真的到了不理你的那一天，该怎么办？

首先，不理你的问题出在哪里了？怎么引起的？回忆一下，是不是有说错话，做错事，伤害到对方？解铃还须系铃人，如果意识到自己的问题，应该第一时间道歉或者挽回，时间耽搁得越久越不好。那些作没了自己另一半的人，后来大多都会主动求和，可是中间的时间太长，长到对方足够对另一个新的对象发起追求。

还是必须强调一下，你不要对男生有过高的期望，对他对你的专注度有过高的期待，这是一个选择多么丰富、社交网络多么发达的世界，要撩一个人，要单纯地缓解寂寞的途径太多了。意识到他对你的变化，迅速示弱挽留，找出彼此厌恶的点，改正，复合。你还期望在你冷待他、删除他的过程中他来主动找你，先于你的道歉先道歉？你在家可以是公主，出来就不一定了，即使这个男生曾经把你当公主，过了那一条线便是陌生人。这种故事每天都在上演，如果喜欢，小作怡情，没必要矜持着身段不去低头。

如果决定不低头，那么过后再去找他，就不要怪他为什么不理你了，就像一个需要抢救的病人，及时救治才是关键。在分开后的那一段时间，是抢救彼此关系的黄金时间，在这个时间段，各自的态度还能对事态有所缓和。过了这个时间，情就冷了，理智占领心智，权衡相处的利益，再反复设想由于你的性情而导致的这种结局，心就硬了，于是给自己下了一个"看来永远也不可能改变"的判断，就像追不上的公交车，人死不能复生，男生彻底死心便不再有转机。

所以，一切矛盾及时缓和才是常理，不要等，如果你笃信这种话：你很想要一样东西，那么就放他离开，等他回来找你的时候，你就永远拥有他了。那你可能十有八九不能如愿，真正的感情永远都是靠自我争取获得进展的。如果错在你，就不要等，主动求和；如果两个人都有错，你也可以选择主动一点。

还是那句话，想想自己的目标是什么，还想不想在一起了？如果不想，就不必纠缠不休；如果还想，没必要僵着耗着。如果你对他也不是特别喜欢，想通过男生的不断表现来加重你对他的感情，大家都不傻，彼此在心里的分量是感觉得出来的，当有一天你的感情更深了，你也会为自己曾经愚弄他人的行为买单。

你一定要去走很远的路，看很多风景，把所有美好的事情都体验一遍，你才会发现，这个世界上最美好的，是我。

当你遇到一段你不能控制的感情怎么办？

我终于熬过那段看谁都像你，干什么都能想起你，听的歌都是关于你的日子；很庆幸我终于可以，不问归期，不用联系，不再想你，笑看那些曾爱过你的过去。

当你遇到一段你不能控制的感情，这是件很糟糕的事儿！因为不该喜欢，却偏偏喜欢上了。

何为不能控制？

一、你不想喜欢他，但你无法控制自己的眼睛一直停留在他身上。

二、你不想拥有他，但你无法控制自己想要拥有他的念头。

三、你不想为难他，但你无法控制自己喜欢他这件事，就是为难他。

四、你不想伤害他爱的人，但你总想要靠近他的行为，注定有一天会伤害到他爱的人，因为这世上没有不透风的墙。

真的很难控制。

这世上很多事从来就不是你想控制就能控制的：身体的衰老不会因为你年轻的心就停止；战争的暴乱不会因为你渴望和平的心就停止；时间的流逝不会因为你无比珍惜的心就停止；一场无法控制的感情也不会因为你理智的心就停止。

尤其，若当你的失控得到了回应，哪怕只有一点点，也能如星星之火燎原。

当你遇到一段你无法控制的感情，没关系，也许那个人不喜欢你，这很好，因为再难过，这一切也只限于你得不到的苦，只要你在"爱他而得不到"这件事上撞得头破血流，也就醒了。

但若当你遇到一段你无法控制的感情，那个人也刚好喜欢你，哪怕只是一点点，就很不好，你除了求而不得的苦，还会变得贪婪，且贪恋如蛇，咬人痛处，你越挣扎越溃烂。你的苦还会变成两个人的愧疚，变成一边享受所有与他的美好，一边责备自己的不是。你的苦还会在经历一切苦难之后，经历最后的"放下"之苦，这个苦最苦：动情是容易的，因为不会太久；留恋是残忍的，因为曾经拥有。

最终，即使你们有过一段美好，你也依旧是求而不得，且求而不得注定你爱他更久，更难放下，倒不是你有多爱他，而是爱情输给了人性：得不到的永远是最好的。

你会一次次地问自己，你到底是输给了他的现任，还是输给了时间，输给了你们之间的阻碍？

所以，不能控制也要控制。

这世上有些爱是很难控制，但再难也要试着控制，这不是为别人，这是为自己，为自己不再受苦。

想想，这世上美好的事物太多了，若事事物物人人都动心，且动心了就爱，是永远不会幸福的。

因为动心过后注定还是要归于平淡，所有的感情都一样。我们该学会在一个人身上不断动心，而不是对不同的人动心——这是一直幸福下去的智慧，我们的精力该放在如何经营一段曾经美好的感情，并让它一直美好下去。

朋友，我希望你能幸福，不是那种短暂的欢愉，而是幸福，我以为美好的爱有很多种，但我最喜欢的一种，就是美好而不冲动且足够温暖余生的爱。

面对一段不能控制的感情我们该怎么办？作为人，我们永远不可能坐怀不乱，那就尽量学习，不要坐怀。

最终，一段不能控制的感情终究会熬过去的，像这样的事，伤伤自己就够了，只当这是学会爱的代价："我终于熬过那段看谁都像你，干什么都能想起你，听的歌都是关于你的日子；很庆幸我终于可以，不问归期，不用联系，不再想你，笑看那些曾爱过你的过去。"

当我们爱而不得怎么办？

当我们爱而不得怎么办？

我觉得这个问题，实际上问的是：

当我们如鲠在喉怎么办？

当我们被万箭穿心怎么办？

当我们生不如死怎么办？

因为爱一个不爱自己的人，因为浓烈的爱得不到回应，就是彻彻底底的折磨。每一口呼吸都是满满的酸楚，每一个夜晚，都是深深的不甘、寂寞、渴望拥有的煎熬。那个人不知道，爱他这件事，到底有多么强大、波澜壮阔，又是多么无望、惨烈、像被一团沉重的黑暗笼罩，压得自己喘不过气，让所有的生活都蒙上灰色与不可名状的孤独，不想做任何事，而做的任何事，脑子里都是这个人，而这个人一出现，只会带来更透彻的孤独，比死更孤独的孤独。

所以爱他，爱到除了他，觉得这场生命是如此的没有意义，自己全部的灵魂和目光，都全神贯注地期望他的回答、认可和与自己四目相对的瞬间。

当他看到自己的眼睛，我会用目光告诉他，我的心里有万般柔情，我的心里有无限温存，只要你要，我有的我都给你，我没有的，我会尽一生之力给你。

我不断地想证明我是这个世界上最爱他的人，为了证明，我接受所有条件，甘愿放下所有矜持和自尊，我是飞蛾，他是火，我可以爱到卑微，唯命是从，我可以爱他，爱到毁灭自己。

可是，那个人根本不在乎啊！

你做的一切只是感动了自己，他当你是烦人的蛾子，当你是可有可无。

唉，爱发生之前，我们谁也没料到自己会这么爱一个人，为什么他不懂我的心意，为什么他不能接受，为什么？也许，他真的不爱你，于是，在那些冥思苦想、默默流泪、发疯想念的日子，战战兢兢的一条信息，小心翼翼的一个电话，他留下的只言片语，只能疯狂地回忆，去假想他对自己兴许有一点感觉，对他的朋友圈更新疯狂做着阅读理解，幻想里面的内容会跟自己有关，爱让人变成痴心的傻子，勇敢而懦弱。

所以，当我们爱而不得怎么办？这份巨大的，持续数月甚至数年的爱与渴望结合的欲望，只能慢慢地消化和平息。

爱一个不爱自己的人，是一场无与伦比的灾难。你要知道，这并不是小事，在你的心里，正经历着一场惨烈的灾难，重建总是需要时间。一颗破碎的心，我们总要花很多时间把那些碎片找回来，即使找回来也不一定还能拼成原来的样子，但这就是爱，爱就是被猛烈击中，四分五裂，在痛苦中重组的过程，是脱一层皮，是掉十几斤肉，是多少升的泪水，是无数失眠、空酒瓶与无法计算损失的集合。

你要相信，你终会走出来，你终会知道，你的爱不会被白白浪费，它不会白白被辜负。

你的付出，会成就一个更好的你，你要振作，你要坚强，你要证明给那些不爱你的人看，让他有一天知道，他是怎么失去一个这么好的人的。

你要跟这场灾难战斗，你要强迫性地转移自己的注意力，把目光放到更有意义的事情上，充实自己，丰富自己，提高自己。

你要不断畅想那个人的不是，把那些优点想成缺点，把那些你喜欢的地方想成不足挂齿的地方，你需要把那个在你目光中镀了金的人，想成一个凡夫俗子，想成一个一样满身人性臭毛病，没有那么多优秀和光环的样子，你要多想想那个人的坏处，把自己从虚妄的

美化中解救出来。

不要再沉迷于往日的美好片段，那些都是假的，无法陪伴的感情都是虚伪，都是空中楼阁，都是花招儿，都是欺骗的伎俩，不要给自己任何回心转意的期待，你先自救，世界才会更加善待你。

当你走过那些爱意、欲望、思念、不甘心铸成的刀山火海，你会知道他不过如此，你会深刻地认识到人生很长，你一定会得到并拥有你想要的一切，你会由衷地发现自己的强大和了不起！

你要忍耐，要出头，要忘记过去重新开始，你要抛却旧情，让那些不爱你的人不允许再在你的思想里自由穿行。你不要让你的仁慈再被那些无情所伤，这是一场战斗，也是一场奋斗，不要输，咬紧牙关，你会走出来，那是你的骄傲，是你人生宝贵的勇敢。你没有败给爱的苦难，你给了自己一场盛大而值得骄傲的成人礼，你的头顶有皇冠，你流过的泪水，会加深皇冠上最亮的光彩。

你要相信，所有的美好你都会拥有，所有的故事的好结局都在等着你。

当他只是把你当朋友该怎么办？

我们确实没办法控制喜欢，尤其喜欢之前，不知道他只是把自己当朋友，我们对那个人，总带着一点正常的期望，一个人每天温习着对另一个人的喜欢，也会恍惚以为他对自己有一样的感觉吧。

是的，以为自己喜欢的人也喜欢自己，老有这样的错觉。

如果，他只是把你当朋友，这里有一个"只是"，那可能真的只是，只是朋友，我们要接受这个"只是"和事实，这里面没有"但是"，没有"也许"。比方说，我很喜欢你，尽管你只是把我当朋友，但是，也许你可能会被我的喜欢感化呢？

NO，没有这个"但是"和"也许"，你也不会有"但是，也许"的机会。

请牢牢记住，"只是"这两个字证明了，无论你有多少的傻气、执着、花痴，他都不会喜欢你。

出于对你和你们关系的珍重，出于不想做一个恶人的前提，所以给你一个说法，退回朋友的位置，保留一个身份，这只是一个谦虚一个姿态，若可以，其实拉黑，或者永生不见最好。

也许，你只是身上还有点他可以利用的地方，说白了，你还有点用处而已，他可能某些方面还需要你，若一无所用，真的，你多余的喜欢，都是负担，多这一点既不会点亮生活，少这一点也无所谓。

你的爱对你来说是一座泰山，对他来说只是一根羽毛。

请接受无论你好与不好，爱与不爱，他都不爱你的事实，你只是一片单恋，可有可无。

但是我觉得，这一切的结果还是应该建立在告白之后，至少你的心意应该让他知道，对一个人说喜欢不仅是为了他的回应，也为了回应自己。人生难免有遗憾，别让可以自己做主的事情在自己这里成为遗憾，那只会让我们无能的情绪更严重。

一定有一个人会爱你，只是不是这一个，可能爱意到了一个点上，你会觉得除了他的爱，我谁的都不要，但这只是赌气，只是表明一种决心而已。你要知道，人是选择的动物，我们一切的选择决定我们未来的路，你的人生一定会有很多很多的选择，我们应该反思，为什么是这个人让我们着迷？其实静下来想一想，你会发现他有很多问题，有很多其实你不太满意的地方，你只是需要让自己静一静，细数这个人的不足，他并不放光，你的眼睛是一束追光追着他而已。

聚焦得太狠，就看不见周围的一切了。

朋友也挺好。爱总是需要一种距离，爱是恰到好处的距离产生的美和关怀，距离太近会厌倦，距离太远会不满。爱总是需要一个距离，所以趁着喜欢他的距离，和这份不可能在一起的关系，去练习相处和承担心酸的能力，这本就是一种成长。

因为你在忍耐不能忍耐的爱和不甘，你特别勇敢，特别不容易，也只有尝过这种不容易，我们才知道爱与相爱，后者多么难得，才会重新塑造自己的爱情观，越发善良而珍重。

所以，当他只是把你当朋友怎么办？

我们怎么办？

首先，你要知道你在执迷，人只有知道执迷，经历执迷，才能不迷。我不能说你别迷了，因为即使外人强力劝说，你都会迷。所以，愿你好好品尝这份痴迷，好好自苦，好好欣赏自己的英勇，结果并不会不同，你只是必须这样燃烧一次，当苦够了，失望够了，你就会醒过来。

我不会嘲笑你，不会轻视你，爱是爱的良药，爱是爱的副作用，我如此过，看你就像看自己。所以，愿你好好尝尽这份心酸，好好委屈至死，愿你真切地欣赏自己的英勇，原来爱别人的你是如此寂寞，也如此美丽。

愿你终生美丽，终有人深爱你。

当他不会关心你怎么办？

有时候，人和人存在一种错位，当你需要安慰的时候，可能恰巧他也需要安慰；当你需要关心的时候，恰巧他也需要关心。有时候，也可能跟你们相处的历史有关：比如曾经他难受的时候，你疏忽了关心他，所以当你需要关心，他心里想着上次我这么难受你却那样对我，以至于也不想关心你了……

一种关心，是平时的关心；一种关心，是碰到事情的关心。无论哪种关心，其中包含着的最重要的核心，其实是一份主动。

关心的技巧可以学，比如怎么嘘寒问暖，怎么感同身受，但是也只有"主动"了，才有后面的故事。说一个人不会关心你，也是说一个人不太主动，而你遇到一个不太主动的人，怎么办？

我们应该知道的是，遇到事情不会关心，不主动，只管自己感受不顾别人死活是谓人性，你应该懂得一点人性，以免到时你呼天抢地地抱怨这个男人怎么一点不在意你的感受，抱怨你对他曾经怎么怎么样，付出了什么什么，为了他怎么怎么着，这些都没有用，因为人性使然。他也觉得他的感受很重要，人人都觉得自己的感受重要过对方。所以，你想要一个碰到事情会关心你的人，就像有句话说的：患难见真情。没有患难，在太平日子里，不会看到一个人真实处理问题的方式和彼此关系的症结，只有碰到问题，你错他对，他对你错，彼此都有错时，才能看出一个人的姿态，才能试出关心的质量和最重要的爱。但要想让他在你遇到事情的时候会主动去关心你，只有在和平共处的日子里去培养才行，在发生问题的节骨眼上，人都是闭塞状态，油盐不进，什么话什么道理都听不进去，这个时候，你就不要妄想去说服他，培养他，无论你有多少道理，那个时候尊重都是第一位的，先安抚情绪，先冷静，先示弱，接下来再去讲道理。

因为解决眼前危机是最重要的，冷战时，反复想想自己的目标是什么，其实不是为了分手，只是期望听到想听的话，期望他能哄哄你，期望恢复曾经的举案齐眉、相安无事，那为了这个目标，我们应该怎么做？先转变思维，才能为两个人之间的问题找到沟通的桥梁。

桥梁之一：约定

人和人相爱难免陷入冷战，经历过，更深刻。所以在平时有必要做一个约定。找一个合适的时间告诉他："咱俩说好了啊，下次闹矛盾冷战不能超过一天，第二天无论如何都得找对方说话。"或者"上次咱俩吵架，后来我先找你说的话吧，下次如果咱俩再吵，能不能你先找我啊？"这样一边认真一边不施压地跟他商量，他一般都会同意。同意了还不算完，要让他把你的话重复一遍："好的，下次咱俩吵架冷战不许超过一天。""好的，下次吵架换我先找你说话。"在你面前重复一遍代表约定成立，不要小看这个重复，他会在人心里安下一个开关，心口一致效应会在其中产生作用。

桥梁之二：避免猜

无论男女，对方有一点行为让自己不舒服，或者自己状态不好了，有时总不能主动地去表达，而是喜欢等着人来猜。为了让你的另一半变成一个主动的人，你知道唯一的方法是什么吗？就是首先你得变成一个主动的人。如果你向来被动，不愿改变，也不愿学，不愿去培养，希望坐享其成，那感情里面的冲突会相当多，相当累，也相当痛苦。

这个主动，倒不是一味地认错，而是一种引导对方主动的方法。比如：你觉得身体不舒服了，别憋着，就算他不在身边，也发一个信息"我觉得身体有点不舒服"，开一个话口，让他来关心你。不要想他现在是不是在忙，这样是不是不懂事。信息必须要发，人在身边当然直接就照他身上扑了，装柔弱，装不舒服（其实也确实不舒服，就是把程度演得再过一点）。知道套路了，信息今天发身体不舒服，隔两天就发腿刚破了，再过几天发被自行车撞了，等等，因为这些都是套路，不必太走心他的回复，你只是在给他场景练习表达技巧。他是不是嫌弃你笨、不注意、耽误他工作什么的都不是最重要的，这些潜台词归根结底，都是你在向他表达"依赖感"，依赖感的逐级递增，才能变为责任感。所以不要怕依赖，你要得到一个你心目中的男人，你就不能懒得去撒娇或者依赖，你太过独立懂事，不要怪后来找一个渣男、吃软饭的或者窝囊废。

桥梁之三：给予肯定

多多赞美，肯定不会错。怎么赞美，不是宽泛的一种肯定，这个男人真好，你真不错这样的，最好落实到细节上，比如，他摸你的头，顺着头发摸下来，你就可以告诉他：我喜欢你这样摸我。比如说，过情人节给你发的短信很真诚动人，你可以说，我喜欢你发的那条信息。类似这样的生活细节，让你动容，觉得不错的瞬间，都要及时地告诉他。人起先都不能完全知道自己的行为是不是对的，都需要一面镜子，一个反馈才能看到自己。你是在帮他修正自己的行为——行为改变了，思想就会改变；思想改变了，性格就会改变；性格改变了，人生就会改变。你是他人生里的人，重要的人，你要不要后来他的人生里有你？要，就去帮助他，引导他，告诉他——告诉他你想他以怎样的方式来爱你，直到这样的爱成为习惯。我相信，你们一定会收获长久并且幸福的未来。

什么是喜欢？就是你走进我心里最荒凉的
地方，然后在那里开出了一朵花。

当他总是对你冷暴力怎么办？

没有无缘无故的冷暴力，所有的冷暴力，都是不够爱你，不够喜欢，不够珍惜，都是因为，你不是他一生一次的那个爱人，不是他的真命天女，不是他心里那个念念不忘的人，也不是那个得不到的红玫瑰和白月光。

对你冷，因为他不想暖你，所以说伤你就可以伤你，说对你甩脸子就甩脸子，说把你扔在马路上就扔在马路上，过后不会觉得对不起，也不会感同身受你在冷风里掉的眼泪和哭泣。

你来例假肚子疼，他不会心疼你，你为他做伤害自己的事情，所有的痛都得自己受。他只是出于不想让自己成为一个烂人的底线，对你的感情有亏欠，有心虚，对你弥补性地照顾，这里面的动机都没有爱——他不爱你，也可以做一些让你觉得他对你有感情的事。

女人相信感情，男人就是利用这一点。

不管后来他给你多少颗糖吃，对你喜笑颜开，对你嘘寒问暖，翻脸的时候，都可以认真得像从来没爱过一样。希望你真实地看清，你只是他寂寞的替代，只是上一任离开后真空期的备胎。

别太抬高自己的爱情，爱一个不爱自己的人，结局就是遍体鳞伤、自尊全无。

我同情每一个认真爱的人，我从心里希望你爱对人，而你爱对的人也爱你关心你。

我只是希望你看清楚一个人，再把自己全部交出去。

对方只是过客心，偏偏你有厮守情。

别天真好吗？真正爱你的人怎么会总是跟你冷战？真正爱你的人怎么可能冷战后不来找你？

一个人再有自尊心，怎么可能熬过熊熊燃烧的想念到无法遏制的冲动，在短暂的冷战后不去选择主动地复合？别天真了好吗？总是冷战的人，只是不够爱你！

当然，与不够爱你的人也可以有一份天长地久的关系，人生无法嫁给爱情，至少也能维持苟且的相互取暖对吗？

我只是希望你不要天真，又只是希望你能天真，看，这句话多么的矛盾，其实我只是希望你可以看清楚一个人的真实和他的目的，不要被妄想与期待所伤。

我只是希望你能守其天真，直到遇见那个真正宠你爱你的人，能护你的天真直至终老，免于颠沛流离，免于孤苦无依，免于经历太多的残酷，不再相信这个世界的爱情。

我希望你一生，心里都有那个坐旋转木马的孩子，我希望你能被爱，被照顾得像个公主，像个宝宝，像个永远美好的姑娘……

当他认为工作比爱情重要怎么办？

工作和爱情有没有顾此失彼的时候？

有。

但可不可以处理好？

完全可以处理好。

如果那个人把爱情也当作一份特别重要的"事业"，他一定会照顾好伴侣的情绪与两者之间的平衡。

据国外研究，那些事业有成的人，美满的婚姻起到了很好的助推作用，所以一个人——如果自己的女人都照顾不好，也不见得能把自己的事业照顾得多好。而我们又如何评估一段爱情是不是好的爱情呢？我想一段关系可以让两个人变得更优秀、更积极，那它就是好的。

有网友问我，对方常说工作忙，冷落了两人的关系，诚然，只要男人得到了你，只要时间在演进，他对你的激情就不复当初，这是事实，也确实会让你产生觉得他变了的感觉——变得没那么殷勤了，没那么在乎你了。

也许这是人与人熟悉的代价之一吧，一方面我们越来越敏感了，一方面我们的要求也确实提高了。以前一颗糖就能满足的爱情，变得一瓶香槟也觉得不足挂齿，嫌他还不够重视你。所以变化的感觉是两个人的事，但至少，我们看见对方为自己、为你们的感情保鲜时所做的努力，可以缓和这种变化之感，可以让心情略感安慰，若男人总是忽略女生心里需要被重视的感觉，势必渐行渐远。

另外，很多男人觉得生活有没有仪式感不重要，因为亲密无间的关系怠慢了各自的情绪。情与情、爱与爱之间，处理的都是情绪和自尊心，没有那么多对与错、是与非，讲道理没用。你的女人不满足了就满足她，把她的抱怨和嘟囔听到心里，去改，然后用行动证明你的爱。只是站在自己的角度让女生不要多想，不要多说多问，怎么合理呢？她没有安全感是事实，你又如何让她避而不谈，别无理取闹？

作为善于找理由的男人，工作忙也是不够喜欢的托词之一，他可能不想完全断掉一段关系，也许你对他还有用，总之，有备无患。但是，你如果见过他对喜欢的人好，你就知道，他不是没有能力，没有心，只是你不是那个人而已。

爱情也是一份伟大的"工作"和"事业"，你需要让他知道。或者，也通过他工作忙的理由看清楚一段关系。如果你们已经结婚育有孩子，分开不是那么容易的事，你们需要一次促膝长谈，梳理一下彼此的感受和诉求，如果你们还在相处阶段，婚前即如此，婚后只会变本加厉。

喜欢你这件事，就像一辆车里装满油，车也许不是好车，但还能共度远游，不足够喜欢是缺油的车，即使是豪车，也不能发动，或者走出一里便停在那里。所以你要想清楚：坐在车里，握着方向盘，你想去哪里？你能去哪里？你还要不要去那里？

尾 声

你值得被这个世界更好的对待

今年抗癌的免疫疗法获得诺贝尔奖的同一天，我的同学兼好友因癌症去世。那天凌晨，我和在北京的几个同学一起陪伴她最后一程。我坐在病床边，握着她从指尖到手掌满是冰凉的手，直到咽气的最后一刻。还来不及痛别，我们连夜搬送她的遗体，早起的住户看到电梯口的棺材吓一大跳。她身上的管子还没来得及拔干净，苍白的手指蜷在一起再无法舒展，骨瘦如柴的身体在几小时后仍有余温。

死亡的最后，并不是电视里演的那样，舒缓地吐出一口气，仿佛卸下重担全身而去；死亡是身体的收紧，无力的手忽然抓牢，断续的气管呼吸骤停，全身所有的体征集中地、剧烈地收向一个点，这过程没有温和可言，只有讶异和预感，只有你来不及反应的告别。如果呼吸是求生最后的尊严，临别的生理反应则表达了死亡全部的真谛——它没有缓缓而来缓缓而去，死亡就是中止，骤停，消失，永远……

亲历死亡，或曾感受至亲的离世，看人生的眼光，从此不再一样。

也许，忙碌的生活仍然会让人麻木、庸常、失去敬畏之心，但你总会被某些画面或失去的感受提醒：花有重开时，人无再少年；兜兜转转，人间的所有热闹，不过归于遗忘和寂寞。

在很多事情上，我很悲观；但在奋斗这件事上，我很积极。我知道，也许终其一生，你活着对人类没有重大的意义；也许我们都会困在有限的见识和资源里，潦草地、遗憾地、一眼能望到底地度过一生。我也知道，即使世界是灰色的，人生是苍凉的，情爱是荒唐的……我们仍要努力，用力地过好每一天。我不再去想那些必然的终极带给我的虚无感，我只专注在每一件事，每一个决定，每一个拥抱，每一天的分分秒秒上。

愿你、愿我们，都不被死亡击退，不被平凡打倒，以此余生，为你爱的人而战，为你未来的孩子而战，为大我门庭、耀我族类而战，为你能带给别人的价值而战，为友谊而战，为你生命里每一个支持者而战！

是，就算眼里还有泪水，那也是因为在这悲凉的人生里，以繁华为界，以梦为马，以愿为舟，永远向阳地征服磨难，永远心怀正气地追寻理想，永远善良地渡尽苦海！是，就算众水也不能淹没，大火也不能烧尽，在没有光的地方，我们的灵魂仍会重生，永远坚毅地、勇敢地，向前走。

2018 年 11 月 29 日

晚安　愿你得不到的都拥有

心想的都能成

所有失去的

都会以另一种方式归来